Kari AZRI

LES CRIMES DES ESQUISSES

roman

LES CRIMES DES ESQUISSES

DU MEME AUTEUR

Tous les titres des livres

2016 Succès Poésie (poésie)

2018 Les crimes des esquisses (roman)

2018 Voyage Poétique (poésie)

Retrouvez toute l'actualité de Kari Azri

Le blog https://mondedekari.blogspot.com/

Instagram @kariazrijoy

LES CRIMES DES ESQUISSES

LES CRIMES DES ESQUISSES

©Tous droits réservés par Kari AZRI

Chapitre 1

Le miroir

« Seul le moment compte, le reste est passé ou compromis, l'avenir une totale incertitude. »

Serge Joncour, L'amour sans le faire

Deux mois plus tôt,

Par une nuit froide et peu éclairée, une voiture sombre roulait sur une petite route de campagne, sur les terres du Beaujolais. L'asphalte vide sinueuse et blanche se distinguait à peine, le voile gris du brouillard avait envahi le coin encore endormi. Le paysage autour était désert, pas une âme qui vive, pas un bruit seul le silence de la petite nature dénudée demeurait le temps d'un hiver. Soudain, un véhicule se gara sur le côté, les phares allumés, le poste de musique continuait de tourner sur une chanson des années 70. Une silhouette descendit de la voiture, vêtue d'un long manteau sombre la tête recouverte d'un chapeau noir. Était-ce un homme ou une femme, la confusion fut grande à cause du brouillard. La question demeura en suspens, la silhouette devenait une ombre dans le noir, s'éloigna de la carrosserie laissant une femme côté passager marmonnant un discours incohérent. L'inconnue abandonnée pouvait à peine bouger son corps. Elle sentait une lourdeur accompagnée de fourmillements dans ses mains. Les picotements se manifestèrent progressivement surement provoqués à la suite de ses blessures. On pouvait observer un petit bracelet en or à son poignet droit. Ses longs cheveux blonds cachaient son visage en sang. Le téléphone sonna, elle attrapa son smartphone du bout des doigts avec peine toute en sueur. Lentement mais surement, elle s'installa sur le siège conducteur. Au téléphone elle marmonna « Reviens, j'ai la tête qui tourne ne me laisse pas seule. » Le téléphone tomba, ce fut les derniers mots de la jeune femme avant l'accident fatal. La voiture ne tardât pas à s'écraser contre un poteau, laissant inerte et vraisemblablement sans vie.

Quelques jours plus tard,

Dans le métro, une jeune femme casque dans les oreilles écoutant du jazz. Elle portait à la main un livre rouge, debout adossée contre la paroi vitrée attendait l'ouverture des portes. Son ouvrage semblait être important, il ressemblait plus à un journal intime plutôt à traditionnel livre. Elle sortit du wagon d'un pas précipité, elle se dirigea vers la sortie quand soudain deux jeunes gamins renversèrent littéralement la jeune fille au livre rouge. Elle heurta un libraire ambulant avec son chariot de bouquins puis elle chuta au sol en avant à quatre pattes comme une posture de yoga. Une panique s'empara d'elle car son journal se retrouvait au milieu de dizaines d'autres semblables au sien couchés au sol. Les couvertures se ressemblaient tous, elle ne sut les distinguer de son journal.

-Non ! faut le retrouver. Pesta avec nervosité en direction du propriétaire du stand.
-Ne panique pas, ton journal s'est glissé sous le chariot bien avant que les miens s'éparpillent. Heureusement que j'ai le regard vif. Tiens le voici, et

cette fois soit prudente. On ne sait jamais ce que peut contenir ses petits secrets.

En entendant ses paroles, elle sembla troublée, elle resta muette et déglutit. Elle activa une cadence rapide, tout en se retournant dans la direction du libraire. Elle observa son journal le doute encore présent, ses doigts crispés au livre tout contre sa poitrine. La jeune fille continua son chemin, grimpa les escaliers du métro. Elle s'arrêta vers un banc sur la place Bellecour du côté des jets, secoua l'épaisse neige dessus. Elle sortit de son sac un vieux magasine l'étala et s'installa dessus. Ses grands yeux noirs se mirent en recherche rapide comme un chat chassant une proie. Puis, son corps s'apaisa, son rythme cardiaque ralentit à l'approche d'un homme vêtu d'un jean et d'un blouson en cuir, un ami semble-t-il. Il se retrouva face à elle, il portait un casque de moto, elle lui tend le journal et d'un signe de la main le salue d'un timide bonjour. Aucun mot, aucune remarque même si la curiosité brulait ses lèvres, elles restèrent scellées. Elle ne connaitra pas le contenu de ce journal. Il reparti aussitôt sur son engin et s'éloigna. Un instant s'écoula, elle aperçut le petit libraire ambulant sautillant pour se réchauffer du froid tout en frottant les mains, les températures furent très froides. Il était tout près de la sortie de la bouche du métro. Une femme rousse, lui tendit une liasse de billets et d'un geste brut, les glissa dans sa poche intérieure. Il fila aussitôt puis disparait derrière les capots des voitures au croisement de la rue de la Barre. Les yeux de la jeune fille cherchèrent la femme au long manteau, elle s'était rapidement évaporée dans la foule avec son paquet. La demoiselle resta perplexe devant cette scène loin d'être honorable. Elle oublia vite les deux individus, se releva puis elle traversa la rue et s'introduit dans un café avant de regagner un cours de danse.

Au Même moment une moto se parquait devant un manoir majestueux, une très belle architecture. Le jeune homme pénétra à l'intérieur longea un long couloir. Il appuya avec son doigt ganté sur un bouton secret, une étagère glissa devant lui. Un passage secret était dissimulé derrière la bibliothèque, il emprunta les escaliers en colimaçon et disparait dans le cœur du sous-sol bien gardé de la vieille bâtisse. Il remonta des sous -sols aussi rapidement qu'un éclair à une seule différence, les mains vides. Le petit journal dormait à l'abri dans les profondeurs du

manoir. Il sécha ses larmes, pris une forte respiration, Il fouilla anxieusement ses poches et sortit son téléphone. Il ouvrit le crochet de son gant en cuir, le retira puis composa un numéro et d'une voix trouble il prononça quelques mots.
-J'ai besoin de ton aide au plus vite. Je t'en supplie viens rapidement.

De nos jours,
Quand le jour à fuit et la nuit prenait place, elle le rassura par son côté obscur et mystérieux. Quand il rentra chez lui, Michael retrouvait une certaine libération. Il se sentait beau, intelligent avec une pointe d'humour se disait -il tous les soirs devant son miroir. Une jolie feinte pour tromper son cerveau. Il utilisait et usait souvent ce procédé pour améliorer sa vie. Ce soir-là noyé au fond de son lit, Michael 26 ans se mit à penser au lendemain. Dans son esprit, il imaginait décrocher avec une assurance démesurée un emploi dans un journal en tant que rédacteur en chef. Il avait foi, il venait de réussir un entretien du moins c'est ce qu'il ressentait. Il prit une grande respiration puis expira très fort, il répéta cette action 5 fois. Il fut détendu, Il sortit un papier une liste de

mots figuraient dessus, c'était sa liste d'intention comme il l'appelait. Il avait noté avec minution tous ses souhaits bien ancrés dans son subconscient. Il avait compris que le cerveau lui fallait en moyenne 21 jour pour assimiler une nouvelle programmation Et tous les jours fut le même rituel, il lisait cette liste matin midi et soir afin de tenir un rythme ponctuel et régulier, de cette façon il ne perdait pas son objectif de vue. Il vivait cette journée positivement avec passion comme si c'était acquis, il ressentait des émotions joyeuses pour élever ses vibrations. Il prononçait toutes ses petites phrases très précises, bien étudiées en évitant toutes sortes de négativités. Il avait foi en ses mots sortant de sa voix sereine et calme, sans hésitation, on pouvait sentir une inébranlable conviction dans son acte. Ensuite après cette médiation profonde, il se tourna vers sa table de chevet s'empara d'une pierre. Pas un caillou vulgaire que l'on peut trouver dans la rue bien qu'elle aurait fait l'affaire. Il possédait une pierre verte, une belle gemme lisse et brillante, celle-ci lui convenait parfaitement par sa couleur et sa douceur au touché. Il ferma les yeux commença la phase de gratitude tout comme une prière ce fut la fin de ce rituel de grâce.

Le sommeil l'emporta très rapidement, quelques minutes plus tard, peu à peu il entra dans un rêve très agité. Les insomnies il connaissait, ils frappaient souvent ses nuits Le corps tendu se retournant de gauche à droite sans retrouver le sommeil paisible. Soudain Michael se réveilla en sueur en poussant un cri d'angoisse et la gorge serrée. La nuit fut courte, il se releva et posa ses mains sur ses tempes. Les pieds engourdis posés sur le sol lui procuraient un léger rafraichissement. Un mal de crane le paralysa par des élancements courts insupportables comme des ondes électriques. Il se dirigea vers la salle de bain pratiquement aveugle par la forte douleur. Devant le lavabo, il se rafraichit le visage, attrapa une serviette pour se sécher, il ouvrit la porte miroir face à lui qui fait office d'armoire à pharmacie. Il en sortit un petit flacon de cachets pour mal de tête et avala un puis deux comprimés suivit d'un grand verre d'eau. Sa montre au poignet affichait 05h15 du matin le reflet sur son miroir renvoyait fatigue et poches sous les yeux. Ressaisis -toi mon gars on dirait un cadavre se disait-il.

Michael enfila un tee- shirt blanc et emprunta le couloir de l'étage supérieur de l'appartement duplex.

Les murs étaient plutôt couleur crème ornés de tableaux de peintres impressionnistes tels que Monet avec le pont de Giverny, Edgar Degas avec La danseuse et la nuit étoilée signée Vincent van Gogh. C'était un luxueux standing aux grands espaces tout aussi moderne et lumineux. Toutes les fenêtres offraient une vue époustouflante donnant sur un lac imprenable. Un sourire se dessina sur ses lèvres. Dès qu'il aperçut une petite boule de poils toute grise allongée au pied de la rampe de l'escalier, c'était Joy son adorable chat.
-Bah alors Joy tu m'attendais toi aussi tu as une petite soif. Allez viens mon vieux.
Ce dernier suivit aussitôt son maitre. Il remplit les contenants de croquettes et versa un peu d'eau. Joy tourna autour de lui, en témoignage de remerciement le chat caressa sa jambe avant de poser ses petits crocs dans sa gamelle. Michael se servit enfin sa dose de caféine tout en jetant un œil sur les diverses actualités sur son smartphone.
-Tiens un message de l'agence de communication ! Oh c'est parfait ! Cela tombe à pic ? Une très bonne nouvelle pour commencer cette journée. Il avait décrocher son job de rêve.

Il y a quelques mois encore, il souffrait énormément. Il était incapable d'articuler un mot. Surement dû à la perte d'un être cher, avec son lot de tristesse aboutissant au choc émotionnel. On pouvait observer un désordre dans son esprit fragile. Son cerveau était envahi par les pensées néfastes. Tous les matins, il se battait contre la société devenue si exigeante face à la concurrence de notre époque. Jour après jour, il voyageait autour de Lyon, d'agence en agence pour honorer ses entretiens. Tout ce qu'il désirait était de gratter le papier c'était son métier journaliste, il a couru tout l'hiver après des annonces. L'apocalypse fut un moment récurrent chez lui parfois son entourage se demandait s'il ne se complaisait pas dans cet enfer par plaisir, il s'infligeait à lui-même toute cette négativité absurde l'empêchant de vivre sa destinée. Depuis la mort de sa mère tout n'était que gouffre, tristesse, cauchemar et somnifères sans oublier les yeux bouffis cachés derrière ses lunettes légèrement teintées. Il entretenait une vie sans éclats et insipide, l'angoisse demeurait son enclos autour de sa réclusion. Voilà le contenu de sentiments que retenaient certains passagers de sa vie, ses proches ou pire ses responsables dans le domaine professionnel.

Ils ne le considéraient pas comme fou mais presque, toutefois inoffensif envers les autres mais agressif envers lui-même à se torturer encore et encore. Au travail, il s'épuisait de notes noires et ses pensées ne l'épargnaient guère. Ce fut la descente aux enfers il ne pouvait plus voir sa page éditoriale ni même écrire ses articles. Sa personne à elle seule fut un article bien noir, même son patron a dû le suspendre puis le licencier. Et toutes ses embauches par la suite ne furent que des échecs les unes après les autres. Pourtant c'était un brillant journaliste consciencieux, responsable et professionnel.

L'année 2016 ne lui offrait point de répit, encore moins de chance se disait-il sans cesse à le répéter comme une ode sortie tout droit des entrailles d'une infâme tombe. Il côtoyait le sombre et le ridicule, la faiblesse était devenue son habillage au quotidien à le confondre avec le croque mort de son immeuble de l'agence funèbre. Michael avait pourtant son mentor près de lui Daniel son voisin, il affichait un comportement des plus ingrat, il se punissait lui-même de son devenir. Mais il arrivait par un mystère qui lui était encore complexe et inconnu à garder au fond de lui un grain de folie et de rêves qui ne restaient qu'à être maitrisés. Son angoisse cependant balayait tout sur son chemin, son coté rêveur et positive ne duraient pas longtemps. Alors le songe et l'attitude positive frôlèrent juste un brin ses espoirs. Il plongeait dans sa noirceur cynique sans pour autant sans rendre compte. Sa vie ressemblait à une fleur rare la rose noire des instants ou sentiments égarés. De très longues semaines ou sa vie fut retranchée sans voir la ville, la vie sociale ne faisait plus partie de son quotidien. On peut dire que ses deux derniers longs mois furent très difficiles et de près inquiétant. Heureusement, il reprit ses esprits, et se porte beaucoup mieux.

-A moi ce poste, près de la maison, à deux pas du lac grandiose ! c'est le bon job cette fois ci. Hurla -t-il avec grand sourire.

Au même moment la sonnette de l'appartement retentit. Michael fut étonné fronça les sourcils et se précipita à l'entrée ouvrir la porte.

-Bon sang mais que faites-vous devant ma porte à 5H50 du matin. Lâchez -moi un peu Daniel.

-Bonjour Fils. Je tenais à te voir pour te parler d'un sujet qui concerne l'immeuble.

-Que voulez-vous dire ? en quoi cela me concerne C'est votre immeuble, vos affaires en quoi cela peut me toucher, il n'est même pas 6 heures du mat !
-Voilà je dois m'absenter toute la journée. Quelques changements vont suivre ce matin. Mon petit tu vas recevoir des nouveaux locataires à ma place aujourd'hui. Je te confie les clés des appartements avec tous les papiers. Une petite note concernant ces nouveaux venus.
-Tout d'abord arrêtez de m'appeler « fils ou fiston ou encore mon petit ». Un conseil ne me materner pas. Vous n'êtes pas mon père. C'est bon vous avez imprimé !
-Je vois que tu n'es pas de bonne humeur ce matin. -
-Que se passe-t-il encore !
Michael lui tourna le dos et s'installa dans la cuisine.

Il poussa un grognement, il exprima sans tarder sa joie pour son nouveau travail. Daniel reconnaissait bien cet air de désinvolture. Néanmoins, il lui donna une petite tape sur l'épaule en guise de félicitation. Il avala rapidement un café avec lui puis se pressa de fuir. Michael lui lança :
-Même pas un petit mot ou des félicitations comme « je suis heureux pour toi ». Tu es si froid sous ton

costume à 2000 euros. Est -ce trop demander à son seigneur ?

Daniel exaspéré des propos tenus par Michael, déposa les documents sur la table du salon et s'éclipsa aussi vite. Il ne supporta pas un instant ses manières sarcastiques. Michael entendit la porte claquer et souffla un coup en plongeant sa tête dans le journal oublié par son hôte. Cette visite incongrue qui ne l'enchanta guère, il semblait désemparé. Pour une fois il pensait avoir tout en main pour décrocher un petit dialogue avec ce dernier. Il avait besoin de se vider la tête, le seul moyen qui l'aida à évacuer son stress et cette tension fut de courir une petite heure au lac.

En cette saison d'hiver, les rues de la petite commune de Jonageville étaient plutôt calmes. Même si la circulation fut dense et correcte, la rue de l'égalité ou résidait Michael était plutôt en grand mouvement. En ce début d'année, les employés de la commune s'activaient à nettoyer les sapins laissés en abandon sur les trottoirs de la ville tout en sachant que les amendes pouvaient pleuvoir à tout moment. Michael se mit à traverser l'avenue principale Jean Jaurès d'une petite foulée, il emprunta la rue de l'église qui menait directement au parc du lac les lagons bleus.

La ville de Jonageville était un cadre exceptionnel, idyllique située sur les bords du lac. Elle bénéficiait d'une remarquable position qui offrait aux touristes un repos paisible à la haute saison. Sans oublier les différentes excursions, ainsi que de belles promenades sur les sentiers aménagés dans la petite faune, les estivants raffolaient des belles plages artificielles entourées de collines. L'hiver était bien installé avec la neige immaculée et ses éclats lumineux. Toute la splendeur de l'hiver était présente surtout le froid intense et les branches rachitiques des arbres enveloppées par l'épaisse neige sans oublier le givre au petit matin. Arrivé au bord du lac avec un sprint, il respira un grand bol d'air frais à plein poumon et prolongea le plaisir avec quelques étirements en s'appuyant sur un banc. Un habitant lui fit signe de la main, le patron du Jazi bar un café librairie qui donne face à son immeuble, il promenait son chien avant l'ouverture de son commerce. Un endroit où le jeune journaliste flânait dans le coin, et sirotait son café pour gribouiller quelques mots sur son carnet d'écriture. Un cadre romantique, poétique pour apaiser les esprits et très apprécié par les clients. Mais c'est au bord de l'eau qu'il se sentait bien, dans ce lieu loin du flot continu des touristes venus de part et d'autre contrées lointaines pour admirer la beauté du lac et ses massives montagnes majestueuses C'est l'endroit parfait pour lui car le repos s'invitait, il aimait à se perdre dans son esprit voguant sur les souvenirs gardés de sa mère. Parfois il se plaisait à songer à écrire son premier roman pourquoi pas le bestseller de l'année. Il s'assit sur le banc face à l'eau sa mémoire vint le surprendre en observant le lac. Il revit sa mère Eléonore Legrand, une femme amoureuse de l'art. Elle était propriétaire d'une galerie d'art installée dans le vieux Lyon très populaire et prisée par les connaisseurs d'art. Il n'oubliera jamais ce fameux jour ou tous deux s'amusèrent lors d'une sortie sur les paddles, juste quelques mois avant son décès, une ne phase encore douloureuse pour lui.

Ce fut un moment effroyable, il pleurait dans le silence cette regrettable absence. Cet éloignement le pesa énormément. Depuis plus rien n'avait de sens dans sa vie. De retour de son jogging, Michael devant son immeuble remarqua une femme à l'allure

irréprochable, d'une quarantaine d'année, très belle et plutôt joviale en pleine conversation avec le croque mort de la pompe funèbre c'était le nom que lui attribuait Michael. Son agence funèbre se trouvait au Rez de chaussée de son immeuble et rien que dans l'idée de voir son local tous les jours cela lui donnait la nausée. Cet endroit lui rappellerait le décès de sa mère. Au moment de pousser la porte d'entrée de l'immeuble, une voix plutôt douce l'interpela.
-Excusez-moi bonjour ! Où puis-je trouver Mr. Daniel Steele ?
-Il est absent pour la journée lui dit -il tout essoufflé. Puis-je vous aider ?
-C'est charmant à vous jeune homme. Je me présente madame Hélène Chanti.
Soudain, il prit conscience que ce nom figurait parmi la liste des nouveaux locataires sur le dossier que lui remis Daniel tôt ce matin.
-Ho ! bien sûr oui, Madame Chanti très heureux. Je ne vous attendais que cette après-midi. Mais je vous en prie suivez-moi. Je vais vous faire visitez l'immeuble et votre appartement.
-Pardonnez mon avance, Je viens de la région Parisienne.

-Très bien madame Chanti c'est compréhensible. Ne vous excusez-pas. C'est à moi de m'excuser j'en ai oublié l'usage de la politesse. Je me présente Michael je serais votre voisin de palier.
-Alors enchanté Michael
Michael avait la charge de faire visiter aux nouveaux venus leurs appartements mais ce qu'il ne comprenait pas c'est pour quelle raison Daniel eut soudainement l'idée de louer. Alors qu'il avait rejeté cette possibilité depuis plusieurs années. Ces appartement vides servaient uniquement à l'usage de ces employés arrivant des quatre coins du monde pour de courts séjours. Michael continua à faire visiter l'immeuble mais il ne s'empêcha pas de se poser des questions et pourquoi madame Chanti qui vivait à priori à Paris, viendrait -elle s'enterrer dans cette petite commune se demandait-il ? Était-ce une collaboratrice à Daniel, une new-yorkaise ou peut -être australienne. Il avait remarqué son accent, et sans parler des quatre autres locataires dont il n'avait prêté aucune attention, il n'eut pas véritablement le temps de se pencher sur la liste des autres occupants Toute cette histoire le troubla un peu. Mais il comptait bien avoir des explications au retour de Daniel. La relation entre

Daniel et Michael pouvait -être très tendue à la limite explosive par leurs caractères incompatibles. Ce sont deux personnages complètement différents. L'un plus mature, sure de lui, possessif et dominateur et l'autre plus jeune un tantinet naïf et indécis qui manquait beaucoup d'assurance. Il ne voulait jamais suivre un seul conseil venant de la part de Daniel même si ce dernier a tout mis en œuvre pour l'aider. Il avait même essayé la thérapie à la suite de la perte de sa mère. Mais rien n'a fonctionné au contraire il s'est bâtit une forteresse autour de lui. Il a même mis en garde à plusieurs reprise Daniel, s'il tentait à nouveau de le sauver par d'autres actions aussi barbantes et surtout thérapeutiques qu'il disparaitrait de sa vie.

Quelques instants après l'arrivée de madame Chanti Hélène, voici le camion de déménagement de cette dernière qui s'appropriât une place devant l'immeuble. Elle organisa les ouvriers d'une main de maitre et très professionnelle avec finesse et diplomatie. Un défilé de cartons et de meubles s'opérait dans le couloir de l'immeuble. Une organisation bien étudiée s'agitait durant près de 45 minutes. Michael en est resté bouche bée. Il s'approcha de Mme Chanti afin de lui proposer son aide qu'elle accepta avec plaisir. Elle le sollicita à déplacer un splendide miroir très imposant, et de le poser au-dessus de la console près de l'entrée.

-Dieu qu'il est lourd, vous avez là un magnifique miroir Mme Chanti
-Appelez-moi Hélène je vous en prie. Merci ce miroir à une grande histoire pour moi.
-J'espère qu'un jour vous me raconterez cette histoire. Je vois que vous tenez à l'installer juste à côté de la porte. Ne pensez-vous pas que sa place serait plutôt au salon. Demanda-t-il avec culot.
D'un air souriant Hélene lui répondit avec une pointe philosophique que l'entrée était le domaine de l'eau. Pour ainsi dire Michael était perdu par ses paroles incompréhensibles avec ses termes sorties tout droit d'un dictionnaire chinois. Hélène était fascinée par l'art Feng shui et la psychologie humaine. Depuis quelques années, elle s'était investie complétement dans l'art de maitriser la médecine de la structure d'un intérieur auprès des particuliers, des industriels et entrepreneurs. Elle mettait un point d'honneur à ne pas confondre avec la décoration d'intérieur. Elle possédait un diplôme et une formation très complète

donné par un maitre de grand renom à Paris. Elle était fière de ce qu'elle accomplissait car elle rendait heureux les gens. En parallèle elle incarnait aussi le rôle de conseillère en image. Mais sa vie n'avait pas toujours été calme et sereine. Il y a quelques années, Hélène connu des moments très mouvementés coté santé Elle souffrirait et c'est toujours d'actualité de douleurs musculaires avec des symptômes similaires à la sclérose en plaque une maladie ne lui laissant aucun répit. Pour elle, l'essentiel est de bouger le plus possible même si les douleurs sont permanentes et surtout lors d'un effort physique. Elle se sentait plus vivante ainsi.

Son neurologue avait réalisé une timbale d'examens, il en a conclu à une maladie neurologique non étiquetée comme ils disent dans le jargon médical. Les deux premières années elle a pleuré toutes les larmes de son corps, Elle ne comprenait plus son corps ni comment le soulager mis à part toute une caisse de médicaments rendant encore plus malade qu'ils ne soulageaient. Elle a dû faire face à de nombreuses difficultés pour se réaliser et d'un grand courage pour se battre ainsi vivre à nouveau comme tout le monde afin d'atteindre son rêve. Elle ne voulait pas ressembler à ses gens qui sous prétexte ont du mal à se mouvoir, se sentent comme prisonniers de leurs murs.

Michael observa en détail les charmants bibelots, ils étaient nombreux, tableaux ou objets même ceux encore enfouis dans les cartons. Et soudain une question le tarauda.
-A quoi voyez -vous si une personne se sent bien ou mal par rapport à un objet Hélène ?
-Quand une personne m'invite chez elle pour étudier un espace ou une pièce. Il faut tenir compte de plusieurs paramètres et beaucoup d'attention.
-Vous avez l'air d'en savoir beaucoup sur la nature humaine. Ajouta Michael.
-Non, je n'ai pas cette prétention.
Plus il discutait avec Hélène plus il s'interrogeait sur sa voix comme s'ils se connaissaient Il ne trouva pas mais rapidement il questionna Hélène.
-Dites-moi, est-ce est-ce-que nous nous sommes déjà rencontrés ?
-Non pas que je sache
Michael avait une bonne mémoire de manière générale, il n'en démordait pas. Il était persuadé ne

pas se tromper. Il évita donc de s'étendre sur le sujet puis il reprit la conversation.

-Comment expliquez-vous que tel objet serait idéal et parfait pour aider certaines personnes.

-Ho ! très bonne questionne mais encore une fois.

Michael lui coupa littéralement la parole tout en lui offrant un sourire en ajoutant.

-Mais encore une fois tout dépend des paramètres c'est ça que vous vouliez répondre.

-Mon ami Michael tout est question d'énergie et d'aimer ce qui nous entoure et surtout ne pas s'encombrer de choses inutiles ou même d'objets brisés. Uniquement des objets qui inspirent notre vie.

-Oui j'ai souvent entendu parler de ses choses. Même qu'ils influaient sur notre existence. Parlez-moi de votre miroir

-Ha ! Le miroir peut apporter une aide fabuleuse en particulier à ceux qui ont du mal à s'exprimer, s'affirmer. Les gens ont tendance à dissimuler une peur en eux un manque d'assurance. On peut la surmonter en acceptant qui nous sommes. Vous savez Michael se sont nos pensées qui régissent notre quotidien. Et j'irai même jusqu'à dire, les mots

utilisés sans qu'on s'en rende compte vont dessiner notre vie.
-Pardonnez-moi Hélène mais je ne vous suis pas, quelle est le rapport avec le miroir.

Soudainement Hélène pris par le bras Michael et le traina face au miroir de l'entrée.
-C'est simple placez-vous ici devant le miroir. Que voyez-vous ?
-Moi voyons !
-Mais encore. Est-ce que vous vous acceptez ? avez-vous confiance en vous ?
Michael dubitatif devant tant d'interrogations. Elle s'immisçait presque dans son intimité Il lui répondit le plus simplement.
-Je suis en accord avec moi-même
-Etes-vous sûr ? aimez-vous ce que vous voyez ?
-Enfin c'est moi mis à part ces lunettes grotesques qui font de moi un clown mais oui.
A ce moment-là, il se sentit très mal, il pouvait à peine se garder devant le miroir. S'admirer chez lui c'est une chose mais devant une étrangère c'est gênant. Non pas qu'il avait une mauvaise estime de lui mais il ne se trouvait pas à son avantage, il n'aimait pas son physique. Il réussit tout de même à se créer une autre

personne dans sa tête même si le miroir ne renvoyait pas la même indulgence. Ce sujet de discussion était un peu de trop avec Hélène. Il n'était pas prêt à confier de sa personne.

-Alors dites-le.
-Je vous demande pardon ?
-Vous avez très bien entendu Michael. Vous savez le plus dure pour dépasser ses peurs et avoir confiance en soi c'est de s'aimer avant tout.
-Je commence à saisir.
Comment pouvait-il lui annoncer que tout ce qu'elle disait était son étude, son rituel journalier et connaissait quelques secrets et peut-être d'avantage. Mais il choisit de se taire et d'apprendre à connaitre la personne avant de se confier à sa future voisine.

Michael avait remarqué certaines choses sur Hélène. La première fut une petite faiblesse aux niveaux de ses jambes, et son accent plutôt américain que londonien reste tout de même un langage bien soigné. La dernière chose irrémédiablement se trouvait dans son élégance. Elle était belle, sensuelle un peu à la beauté froide. Elle portait un petit tailleur avec un manteau beige, toute une toilette perchée sur talons hauts. Il était tellement noyé dans ses pensées à contempler les petites décorations, objets de qualités tout en louchant sur le physique de la belle Hélène sortie d'un film hitchcockien qu'il n'entendit pas la sonnerie de l'extérieur.

-Hélène, pardonnez-moi je dois vous quitter. Si vous avez besoin de moi, je serai dans l'immeuble pas loin.
-Merci Michael.
Il se hâta de se rendre à l'entrée de l'immeuble. Il se retrouva nez à nez avec une femme enceinte, un homme et une jeune femme. Sa surprise fut grande.

Chapitre 2

Fascination

« *La fascination a ceci d'extraordinaire qu'elle ne s'embarrasse d'aucun interdit. Aucun jugement de valeur.* »

Rajae Benchemsi

Michael se retrouva devant trois inconnus mais comprend très vite qu'il s'agissait des locataires attendus. Décidément ils se sont donné le mot entre eux. Tous arrivés dans la même matinée. Il les a reconnus par une seule personne parmi les autres, madame Fatine Adam enceinte jusqu'au cou et aussi énorme qu'une montgolfière. Il avait peur qu'elle n'accouchât tout de suite tellement son ventre était bien démesuré. Ses chevilles aussi sentaient une grosse fatigue, reposant sur des chaussures en cuir bleus marines à scratch surement pour le confort de ses pieds légèrement gonflés. Le plus important était d'allier confort et qualité plus que l'esthétique. On dit qu'ils réduisent les douleurs dorsales pour la même occasion. Une femme enceinte pouvait ressentir tous ses désagréments à quelques semaines du terme de sa grossesses. Malgré sa fatigue on observait un visage rayonnant et souriant. Un homme se tenait près d'elle le bras légèrement engourdis par le port d'une cagette de pile de livres. Il était grand brun, légèrement enrobé, coiffé d'une casquette grise et enveloppé d'un long manteau gris clair. A sa droite une jeune fille aussi mince qu'un haricot arborant elle aussi une casquette noire d'un mélange de deux matières, laine et tweed. Elle était de dos admirant la rue enneigée et les commerces. Soudainement elle se retourna à ce moment-là, le regard de Michael se détourna et son visage devint rouge écarlate et surpris de cette rencontre. De son côté aussi la jeune fille du nom de Natacha Grace fut agréablement surprise, elle s'avança devant lui et d'une voix douce lui parla.

-Bonjour Michael, vas-tu nous regarder mourir de froid et nous scruter longuement ? pouvons -nous entrer ?
-Décidemment je suis maladroit, absolument et bienvenu à vous. Je vous attendais. Sauf toi Natacha. Mais il rectifia immédiatement sa maladresse.

-Pardon Natacha. Ce n'est pas ce que je voulais dire. Tenez continuer tout droit et poussez la porte à votre gauche.

Michael donna un coup de main en portant valises, paniers et autres petits cartons avec l'aide de Mr Kélian d'après la fiche que Daniel avait soigneusement laissé. Il avait 45 ans, il était chef cuisinier. Mais Michael était plutôt intéressé par la jeune fille, il n'en revenait pas de la présence de Natacha. La dernière fois qu'il l'avait vu danser sur scène, c'était il y a quelques mois à l'opéra de Lyon en compagnie de sa mère et Daniel. Ils entretenaient une relation très perplexe mais intime à leur façon. Mais ils se connaissaient bien plus qu'ils ne le pensaient. Ils partageaient une passion commune l'art, au sein de l'Opera de Lyon. Les timides sourires lors de leurs rencontres fortuites dans les couloirs des murs de l'Opéra éveillaient les soupçons sur leur relation. Les rires échangés, sans parler de leurs sentiments amoureux qui n'échappaient pas aux regards des gens, c'était le sujet préféré de leurs camarades.

« Enfin un visage qui me redonne sourire se disait-il dans son esprit ».

Il se rappela un épisode ou il revoyait son visage d'ange sur le toit ou plutôt une sorte de terrasse. Elle se réfugiait à cet endroit afin de se concentrer sur ses pas de danse parmi tous ces merveilleux souvenirs. Mais un seul marqua son esprit, celui de la dernière rencontre très rapide sur la place Bellecour. Il y a quelques semaines.

Voilà un visage qui lui redonna gaité se répétait -il à nouveau. Mais il semblerait que cette fois-ci même les murs de cet immeuble et les hôtes entendirent cette douceur. Il en devint rouge écarlate, ils étaient tous réunis dans le bureau au Rez-de-chaussée, un petit local avec un bureau, quelques étagères ou dormaient des outils. On pouvait remarquer des boites ou étaient allongées différentes ampoules et un long panneau habillé de petites et moyennes clés surement ceux des appartements avec toutes celles qui ouvraient la salle de sport, le local à chaudière central de l'immeuble. Des tableaux accrochés aux murs d'un style marin créait une ambiance harmonieuse et sereine, une référence au lac Jonageville. Le bureau bien organisé ressemblait plus à un lieu d'avocat qu'une loge de concierge. Quelques dossiers trainaient sur le plateau en bois et bien sûr tous les documents des nouveaux locataires. Une note en papier s'affichait sur une page mentionnant une date d'occupation non reconductible. Les formulaires n'attendaient que leurs signatures. C'était plutôt étrange, résonnait dans sa tête. Aucune logique, tout semblait contradictoire à la vie que menait Daniel. Chacun des locataires lisaient leurs contrats et signaient avec un sourire le papier qui faisaient d'eux les nouveaux voisins de Michael. Soudainement Michael osa la question qui le rongeait. Puis d'un coup une phrase sorti de sa bouche spontanément

-Dites j'ai remarqué que vos contrats mentionnaient que vous serez ou plutôt vous êtes locataires que pour une durée de 3 mois. Et toi Natacha ? Un an, et ensuite quoi ? vous repartez dans vos provinces.

D'une voix plutôt grave Kélian lui répondit.

-Il est vrai que c'est plutôt curieux de signer juste pour quelques mois mais mon métier aime découvrir le monde donc je suis plutôt un voyageur et curieux de nos régions même si j'adorerai m'installer dans un endroit.

Et il ajouta.

-Mais peut être que se sera ici. Nous verrons bien.
-Et vous madame Fatine ? Demanda Michael
-Je suis en congé maternité comme vous pouvez-le constater. Je pense m'arrêter pour m'occuper de mon bébé à la naissance. Ensuite je retournai à Lyon, je veux juste me ressourcer et profiter de mon petit ange.
Une petite voix s'imposa, celle de Natacha et raconte à son tour sans attendre la curiosité de Michael.

-Comme tu le sais Michael, je suis ou plutôt j'étais la danseuse de notre région.

Michael rajouta avec dévouement et avec fierté une déclaration qui n'étonna personne.

-Tu veux dire une des plus grandes stars de Lyon et de la France entière.

-Je ne danse plus depuis quelques mois. J'ai eu une chute au sol, les ligaments déchirés. Je ne peux plus danser. Voilà tu sais tout. Je veux m'installer ici et ouvrir une école de danse.

Elle était si affectée et si triste. On le remarquait à sa voix, il y avait un léger tremblement dans sa voix dû à l'émotion encore vivante en elle. On pouvait presque voir des larmes coulées. Son ami voulait tant la prendre dans ses bras et la réconforter mais il s'est abstenu.

Michael était très choqué par ce qu'il venait d'entendre. Il était son plus grand fan et secrètement amoureux de Natacha. Après cette réunion autour de signatures, de remise de clés au sein de leur nouvel immeuble. Ils découvraient pièces après pièces parcourant le local à poubelle jusqu'à la salle de sport sans oublier les sous-sols sur deux niveaux. Le niveau le plus bas abritait les garages et au niveau supérieur les locaux des débarras. Les habitants pouvaient y accéder que par l'ascenseur avec un digicode et l'utilisation de la clé qui ouvrait également leurs appartements réceptifs. Les locataires furent rassurés par une totale sécurité.

Une fois que cette opération de présentation de la bâtisse fut terminée. Michael prit conscience que son regard ne quittait plus Natacha. Il regardait son amie délicieusement, il observait ses gestes la contemplait, dévisageait comme un tableau d'art avec une grande admiration. La jeune femme ne savait plus où poser ses grands yeux noirs, embarrassée, elle se plongea dans ses souvenirs. Elle se rappela qu'elle-même à l'opéra lorsque Michael jouait du piano, elle se faufilait en catimini pour l'écouter et parfois même humer son odeur quand il passait tout près d'elle. C'était incroyable, elle n'en rougissait rien qu'à l'idée de se plonger dans cette scène remplie d'émotions et sentiments troublants pas totalement disparus.

Les regards croisés se parlaient en toute sincérité mais avec retenu. Ils se charmaient en douceur ainsi les regards timides se cherchèrent une sortie de secours. Les talentueux amis rejoignirent leurs logements chacun de leur côté. Il était chez lui, se posa dans le salon, il n'arrivait plus à contrôler les déferlantes pensées. Elles traversaient son esprit comme une pellicule ou un film d'images défilant en flash sans interruption. Il ne voyait plus qu'elle, la douce et merveilleuse Natacha. Il se posait beaucoup de questions mais les réponses restèrent silencieuses, absentes. L'instant d'après, il monta à l'étage jusqu'à sa chambre et se souvenait d'un détail. Au-dessus de sa commande, il y avait un miroir plutôt classique d'une forme rectangulaire et habillé de métal. Il pressa de son index dessus, la porte s'ouvrit, il en sorti une boite en bois d'ébène toute simple juste vernie. Sa main tenait une pile de lettres timbrées, il apparaissait son nom Michael Legrand sur toutes les enveloppes ainsi que son adresse. Il ouvrit une première lettre et se mit à la lire à haute voix. Il était encore tout ému en relisant toutes ses lettres. Il apercevait un éventail de possibilités, les émotions l'émergèrent dans un état de sentiments joyeux, un pur moment de bonheur. Il pouvait à présent se positionner en homme chanceux et sourire en homme heureux. Il prit à nouveau la lettre l'observa et murmura tout bas.

« Elle est juste là tout près de moi, je peux sentir sa présence, son parfum, un pur bonheur. Que jour après jour, je pouvais m'autoriser une place à l'amour.

Il devrait être essentiel pour un équilibre parfait avec moi-même. La romance, j'accueillerai volontiers comme du miel. Juste elle et moi, tout simplement deux êtres qui s'aiment. Je serai son miel sur ses lèvres ainsi elle sera ma lumière comme un diamant scintillant dans mes nuits noires. Elle effacera les couleurs mièvres, mes pensées violentes voleront loin, très loin pour disparaitre. Ce sera avec gratitude, une grande foi qui s'accroit jour après jour, avec certitude que j'attends de me blottir contre toi. »

Puis il relit sa lettre.

LES CRIMES DES ESQUISSES

Ma chère Natacha,

Tous les jours je t'écris une lettre, pour manifester une pensée à ton égard. Depuis que j'ai quitté l'académie de musique et l'opéra tu me manques. Aucun jour ne passe sans que je vive ce mal être. J'éprouve un grand vide dans ma vie d'une part par le fait de ne plus t'épier et t'admirer sur ces planches qui font de toi l'unique reine et gracieuse ballerine de l'opéra. Mais je n'arrive plus à vivre ou à traverser les rues de Lyon depuis le décès de ma mère. Je suis comme paralysé rien qu'à l'idée de revoir toutes ses toiles placardées aux murs et tous les couloirs de l'opéra aux souvenirs passés, des rires de nos émois et nos profonds sentiments en batailles contre nous-même. Pardonne-moi, mon angoisse, ma tristesse et mon implacable rejet. Je ne sais plus si je fuis la vie, la mort ou peut-être même l'amour. Mais je suis perdu dans cet effroyable étourdissement. Mais une chose est certaine je veux te revoir et te sentir à nouveau près de moi.

L'amoureux en peine ton Michael. XOXO

Michael était surpris de se relire. Il était le seul à connaitre l'existence de ces lettres. Il fut troublé après cette lecture comme si les mots traversaient les murs pour atteindre son destinataire et toucher le cœur de sa douce. L'idée de ses lettres furent en quelques sorte une façon à lui d'approcher Natacha afin d'apaiser ses blessures et cet exécutoire le rassura. Il continua à écrire trois lettres par semaine puis deux et continua l'expédition d'une seule jusqu'à il y a quelques jours. Il arrivait par sa pensée à concrétiser ses rêves par l'intense désir et très précis. Il était ébahi par sa réalité.

Michael eu comme un incendie parcourant tout son être, il se sentit presque heureux. Un sentiment qu'il refoulait depuis des lustres. Auparavant, la solitude le pesait tant. Les blessures qu'il a dû panser des jours et des semaines entières le déchiraient jusqu'à ses boyaux. Absolument rien de plaisant ne le ravivait, même pas la compagnie de son ami Daniel. L'épaisse cicatrice avait habité son corps, son esprit et son âme. Depuis de longues semaines, il n'essuyait que des galères à en devenir maladroit avec tout être vivant sur la planète à part son chat et Natacha. Il prit conscience de ses exercices de visualisation. Elles étaient puissantes et ils se manifestaient devant lui petit à petit.

Quelques jours plus tard,

La ville tout entière se plongeait dans un immense piquant froid, à un niveau exceptionnel déserté de la carte hexagonale depuis quelques années selon. Des températures extrêmement basses qui continuaient de glacer les thermomètres d'après les météorologues. La petite ville dormait sous un épais brouillard et un silence religieux planait dans les rues. Pas un seul chat trainait sur les trottoirs même les écoles avaient reçu l'ordre de fermer leurs portes. La gare était prise d'assaut par les usagers ne pouvant pas voyager dans les cars et avions. Les pauvres gens du coup dépités furent contraints de rebrousser chemins et de trouver une autre alternative à leurs déplacements. Michael se préparait un café tout en regardant les informations sur le petit écran de la cuisine, même si son esprit fuyait dans une autre dimension. Il se concentrait de toute ses forces mais rien à faire. Natacha occupait ses pensées continuellement. Il en était perturbé, il englouti sa tasse de café très rapidement. Il prit sa veste et son cartable en cuir de travail et claqua sa porte, dévala les escaliers de l'immeuble. Il fit une pause au niveau 1, d'un geste décidé il sonna à la porte. La gorge serrée, la respiration rapide. La porte s'ouvrit, il ouvra ses lèvres desséchées avec une certaine anxiété. Une voix douce et agréable lui dit un bonjour gaiement.

Hélène toujours bien apprêtée l'invita à entrer chez elle, lui proposa même un thé pour le détendre.
-Que se passe-t-il Michael ?
-Ho ! je me sens oppressé, ces derniers mois, j'ai souffert d'insomnie. Je voulais partager avec vous un sujet ou vous exceller. J'aurais bien besoin d'un éclaircissement.
Michael marqua une pause et continua dans sa lancée.
-Voilà il s'agit des pensées. En parlant de zénitude qu'apporte le Feng shui dans notre vie, expliquez-moi ce phénomène en complément avec notre pensée. Il y a bien un rapport avec nos pensées c'est juste. Pas vrai ?
-Je vois que vous vous êtes renseignée Michael.
-Ho ! c'est ma mère, elle m'en parlait souvent, elle prônait tout ce qui touchait à cet art magistral qui

d'après elle guidait nos attitudes, l'environnement, ainsi que les pensées, elle en était adepte.

-Votre mère disait vrai. Tout d'un coup elle se dirigea vers la cuisine, elle pinça un mouchoir de sa boite et s'essaya les yeux. Puis revint tout sourire auprès de lui. Elle avait une grande capacité à dissimuler ses changements d'humeurs.

Michael remarqua un malaise, la voix de la maitresse de maison devenait mélancolique avec un soupçon blafard. Il a suffi de quelques minutes, pour qu'il observa le changement brusque.

-Ce genre de processus, vous pouvez les formater à votre gré selon vos désirs. Affirma-t-elle. Voulez-vous une aide particulière ? tout en dévisageant son invité.

Michael excédé, se pencha vers Hélène de manière amicale et continua à lui exprimer son agacement.

-Ecoutez Hélène j'ai eu ma dose de thérapie alors par pitié ne portez pas l'uniforme du gentil psychanalyste avec moi.

-Mais pas du tout loin de moi de vous offusquez. Rétorqua Hélène et repris

-Tenez mettez-vous à votre aise et racontez-moi ce qui vous troubles.

-Vous voyez, vous recommencez !

Hélène était gênée et ne voulais ainsi dire que tranquilliser son invité. Elle se sentait si maladroite avec lui et finit par détourner la conversation tout en proposant une boisson chaude pour l'apaiser.

-Buvez votre thé Michael, je suis votre ami.

Hélène s'engagea dans le dialogue en choisissant vigoureusement ses mots. Elle lui donna quelques conseils, tout un développement sur la pensée positive et l'impact donné sur les attitudes de chacun sur le parcours d'une vie. Il y avait le négatif et le positif qui détermineraient les sentiments aux cours de la journée. Elle continua sur sa lancée, elle lui enseigna l'art de savoir canaliser ses pensées et ses émotions. Elle démontrait avec passion son point de vue. Hélène était beaucoup à son aise, elle maitrisait le sujet à la perfection. Michael l'écouta avec attention et une question se manifesta.

-Juste une question comment ajuster ses pensées pour atteindre un but précis ?

-Vous savez Michael les gens passent la moitié de leurs temps à enrichir leurs pensées par de belles citations ou mieux encore répéter de belles affirmations. C'est un bon début, et ils découvrent plus tard que même avec les meilleures intentions rien ne fonctionne et l'anxiété s'abat sur eux. Car l'individu oublie un élément important, la pensée positive est importante mais faut-il encore le ressentir.

Elle finit par lui expliquer que tout passe par le cœur, le désir. Les sentiments apportent une nouvelle énergie, c'est celle-ci qui va influencer le résultat des attentes. Tout est question de vibration et de s'aligner avec cette vibration de ressentir de bonnes émotions.
-Michael si vous agissez ainsi vous serez en phase avec vous-même ainsi retrouver votre force intérieure, votre équilibre.

Michael face à son interlocuteur resta calme tout en essayant de se concentrer aux moindres mots sortant de la bouche d'Hélène et apprécier la douceur de sa voix et son irrésistible accent. Mais il se battaient intérieurement en cachant ses émotions de toutes ses forces craignant que ses pensées vinrent à le trahir. Ses troubles nocturnes et ses envies d'appartenir à Natacha le hantait au plus profond à un tel point que toutes pensées se transformaient en négativité ainsi il ouvrait une porte ou la peur s'immisçait lentement et régissait son existence au quotidien. Il s'interdisait de

retomber dans sa prison mêlant peines et désillusions. Hélène le questionna mais Michael était dans un second état noyé dans ses délires névrosés qu'il n'entendit même plus la voix d'Hélène.
-Michael ! cria Hélène.
-Excusez-moi, j'étais ailleurs.
-Pouvons-nous en parler après tout c'est le thème de votre présence.
Très anxieux, il relâcha légèrement sa cravate avant de tourner de l'œil. Michael regarda sa montre et hocha la tête. Il doit rapidement se rendre au travail pour écrire son article.
Michael pris une tasse de thé et poussa une respiration très forte. Et d'un bloc, il se mit à lui raconter son histoire. Ce qui n'était pas prévu et encore moins dans son caractère mais cette facilité à se confier à elle étaient imprévisible comme si dans une autre vie ils se connaissaient. Il avait déjà ressenti cette étrange sensation dès leur première rencontre même sa voix lui paraissait familière. Ce qui était saisissant c'est qu'elle ressemblait physiquement à sa mère. Il commença donc par parler de la mort de sa mère. C'était comme s'il essayait de s'exorciser de s'exprimer face à une potentielle amie. Depuis

l'arrivée d'Hélène, ils se voyaient tous les jours, discutaient et apprenaient à se connaitre encore plus davantage. Il expliquait avec ses mots, depuis la disparition de sa mère cela se traduisait par un relâchement, mais plus par une forte tristesse qui l'envahissait comme une grosse torpeur. Il se mit à lui raconter sa vie, il ne retrouvait plus la joie, une vie heureuse en somme. Il traduit cette peur comme une vague qui l'oppressait et l'empêchait de respirer, de s'ouvrir au monde. Il ajouta tout en sirotant son thé saveur jasmin, que la peur et ses angoisses le poursuivaient même dans ses rêves nocturnes. Sa peur cette panique, il comparait ces deux états d'anxiété à la mort, une chute comme un être en perdition face à la vie. C'était comme un immense brouillard épais ou même ses pensées s'y perdaient. Soudain la douce voix de son amie l'arrêta et lui posa une question.

-Michael croyez-vous en dieu ?

-Oui bien sûr enfin je crois ma mère me disait tout le temps que l'univers est grand et je devais mettre ma foi à l'épreuve si j'y croyais suffisamment, ma vie changerait complètement et merveilleusement tout

comme notre vieux hibou qui nous gère de sa haute sphère.
-Vous parlez de dieu là je me trompe.
-Quel idée Hélène non ! j'ai un très grand respect envers dieu même si … Mais j'aime bien cette idée de croire en l'univers. Cependant, je faisais allusion à notre ami Daniel.
-Ho je vois vous avez une piètre opinion de Mr Steele.
-Pas du tout, pour tout vous dire je l'admire et pour rien vous cacher c'est mon mentor. Il dégage une telle sérénité quoi qu'il arrive. Il est très robuste aussi bien physiquement que dans sa façon de parler, clair et sans ambiguïté. Il peut vous coiffer au poteau rien que dans un discours. Cela dit bouche cousue, ne dites rien. Il a suffisamment la grosse tête.
Tout d'un coup, elle fut prise d'un léger étourdissement et boit une bonne gorgée de son thé.
-Vous vous sentez bien Hélène ? Demanda Michael.
-Tout va bien. En un mot comment définiriez-vous Mr Steele ?
-Daniel ! En un mot pas facile mais je dirai despotique rien ne lui résiste. Quand il veut quelque chose il s'emploie à l'atteindre comme un maitre et

s'il doit user de son pouvoir et de façon inhumaine, Il reste de glace.
-Que voulez-vous dire enfin ?
-En deux mots cruauté et autorité.
-C'est fort non ! pourtant vous m'aviez confié l'admirer.
-Exact je n'ai pas dit que c'était un meurtrier.
Michael continua à l'observer puis poursuivi.
-Ce n'est pas un monstre. J'apprécie sa force tranquille et sa stabilité, sa confiance sa supériorité. Sa façon de regarder les gens et d'un seul regard on comprend. Il a ce don de vous retenir même s'il pousse les gens à bout tel un aigle.
-Mon dieu pourquoi, Michael vous pensez à quoi ?
Michael marqua une pause se leva avec un air penseur. Il continua d'observer Hélène sous un microscope. Quelque chose lui échappait presque sous ses yeux.

Ha ! les idées et pensées ne lui manquaient pas. Il en était immergé une vraie encyclopédie bouillante de pensées tantôt admiratives, tantôt cruelles une alliance de fantasmes ou les peurs se mêlaient comme une soupe dans une cocotte-minute prête à exploser. Mais, son côté journaliste lui a appris à faire face.

-Je ne dis pas que je veuille ses caractéristiques féroces mais juste avoir sa force mentale et d'avoir un esprit aussi vif et éclairé. Vous savez le paradoxe c'est qu'il est bienveillant avec moi, complétement contradictoire à sa personne. C'est un vieil ami à ma mère. En fait c'est un homme secret mais je le connais bien depuis des années, Mais,j'ai remarqué un certain changement depuis quelques semaines. Je dirais même juste après la mort de ma mère Éléonore Et c'est même troublant.
-Comment ça ?
-Tenez,prenez votre présence ici à vous tous ? C'est étrange. Non !
Il fit une pause leva la tête tout en sirotant son thé avec un œil observateur mettant mal à l'aise son interlocutrice. Hélène bondit sur cette remarque d'un air inquiet. Elle lui demanda franchement si leurs venues dérangeaient. Elle se sentit comme rejetée et presque triste. Mais Michael pris sa main en tapotant dessus pour la rassurer en glissant un chaleureux sourire avec sincérité tout en insistant sur sa maladresse. Hélène lui pardonna et entra dans le vif du sujet pour répondre aux attentes de Michael qui n'en finissait pas de regarder sa montre.

-Michael je sais que vous devez partir travailler mais écoutez-moi. Je vous ai entendu et je dois dire que vous êtes surprenant. Plus d'une personne aurait déjà craqué et perdre la raison avec votre vécu. Et cette réaction est plus que normale.
-Merci Hélène mais …
Hélène l'interrompit net et lui proposa un jeu plutôt intéressant une idée qui va plutôt le surprendre mais très lucratif.
-Dites-moi Michael. Voulez-vous abandonner vos rêves ?
-Bien sûr que non. Mais actuellement spécialement maintenant, je n'arrive même plus à me projeter ou même à les rêver. Ne me dites pas que je rechute.
-Non absolument pas, c'est juste tout ce remue-ménage autour de vous, avec notre arrivée un peu inattendue qui vous trouble. Et peut-être la présence de cette charmeuse Natacha ! Je vois bien qu'il y a bien plus que votre passé qui vous perturbe. Vous savez Michael, La vie est un grand manège, elle peut donner le vertige si vous n'êtes pas préparé aux grands virages de certains passages de la vie. Et cela peut aller très vite au risque de rater l'essentiel. Le moment présent est important, se concentrer sur

maintenant et avec tranquillité. Il faut se focaliser uniquement sur un sujet précis et maintenant. Le reste est à remettre à plus tard une fois ce dernier accompli ne surtout pas se disperser.

Elle voulut lui en dire plus mais le téléphone sonna. Elle décrocha et une voix masculine lui demanda de la rejoindre immédiatement avec un discours bref et concis. Elle dû écourter l'agréable discussion avec Michael qui sans lui dire l'arrangeait aussi Elle prit son manteau, son sac claqua la porte. Lui de son côté fila à son bureau. Avant de s'éclipser à l'extérieur, il sortit un petit calpin et griffonna quelques notes. Dans sa voiture, il enregistra même quelques mots sur son dictaphone. Hélène se dirigea vers l'ascenseur appuya sur le bouton du 3eme et dernier étage. La porte s'ouvrit et se retrouva devant l'appartement, la porte entrebâillée. Elle se retourna sortit un petit miroir rond avec une éponge. Elle réajusta avec peu de poudre son teint joliment frais, un léger rouge sur ses lèvres légèrement desséchées sur son visage rafraîchit, secoua un peu la tête redonna de l'ordre dans ses cheveux, respira un grand coup. Elle poussa la porte légèrement et pénétra dans le vestibule. Daniel Steele attendait sa présence et s'activa en lui lançant un regard autoritaire.

-Alors Hélène, comment va la troupe et notre jeune homme.

-Ho ! bien, c'est tout nouveau, donc j'y vais lentement mais j'ai la foi on va y arriver. Il faut juste un peu de réglage chez certains caractères.

-Mais enfin Hélène, nous ne sommes pas face à un garagiste. Écoutez Hélène, le temps presse modeler ce jeune au plus vite.

-Vous parlez de lui comme si c'était un vulgaire jouet. Ce jeune, comme vous l'appeler à un prénom Michael, ce n'est pas un lego auquel je l'emboite sur un autre lego pour en faire un jouet de combat.

Daniel se tenait face à elle de l'autre côté du salon, il sortit de sa poche un étui à cigarette et s'en grilla une. Il observa Hélène à gesticuler sa pochette-en cuir dans tous les sens et enragée comme une lionne en cage. Il laissa s'exprimer jusqu'à son dernier mot. Elle fit une pause en se mordillant les lèvres et continua son speech.

-Laissez-moi vous dire que cette histoire est la plus glauque que vous n'ayez jamais encore menée. Elle est malsaine ce ne sont pas vos ennemis ou de

vulgaires collaborateurs dont vous avez l'habitude de manipuler. Ce sont de jeunes personnes qui veulent juste apprendre à vivre une vie positive mais à leurs rythmes. Et puis d'ailleurs, il y a Natacha et comment s'appelle-t-il déjà le fameux chef qui en passant est un grand cuistot sans oublier Fatine. Je comprends pour Michael mais le reste comme vous dite la troupe. Quel est ce jeu diabolique auquel vous essayez de mettre en place. Vous avez insisté sur trois personnes en particulier mais Natacha, je n'étais pas au courant de sa présence.
-Cela suffit miss Hélène. Taisez-vous ! Vous passez un peu trop de temps avec ce jeune homme en mal de vivre avec son lot de cachets, de mélancolie et ses questions. Tout ceci n'est pas mon œuvre mais celle de... Éléonore !

Daniel se tenait debout près d'elle. Ses mains étaient crispées de colère et envoya son poing fortement sur la table d'une violence que même l'ensemble des verres et le pichet posés dessus claquaient de vibrations. Après cette rage, il prit le temps de terminer ses paroles. Mais il ne s'empêchait pas de regarder avec insistance le comportement d'Hélène. Il s'approchât d'elle.

-Comme vous le savez, Je choisis Minutieusement mes collaborateurs. Je n'aime pas perdre mon temps avec des bras cassés. Ils sont tous pleurnichards pas un pour rattraper l'autre. Ils voient la vie comme un trou noir. Ils sont prêts à sauter dans le Rhône avec leurs fragilités et leurs airs fatalistes. Des imbéciles, des fuyards. Voilà ce qu'ils sont, je ne sais pas pourquoi Eléonore a tant insisté pour leur venir en aide. Mais je tiens à mes promesses surtout à respecter ses dernières volontés.

-Je tiens seulement à préciser que Michael est complètement ébranlé et désorienté par les évènements ajouta Hélène.

-Alors faites votre travail. Je veux que Michael devienne mon égal.

-Je crois en une bonne plaidoirie pas à la magie. Le temps de l'innocence se gère avec délicatesse. La compassion n'est vraiment pas votre fort.

-Arrêtez votre sarcasme et vos belles phrases. Trouvez un cadre structurant sa vie. Il a besoin de croire en un miracle. Et trouver une fable, une histoire qui éveillera ses sens. Beaucoup de choses changent, le monde est en mutation. Bonsoir Hélène, fermez la porte derrière vous.

Hélène resta outrée devant lui. Cet homme qu'elle considérait comme un maitre et qu'il prônait une certaine morale. Elle vit toutes ses qualités se transformer en une véritable arme dangereuse.
-Mais que diable vous est-il arrivé et qui vous rend si amer ! Ajouta Hélène tout en prenant la direction de la sortie.
Daniel regardait Hélène partir avec un air agressif, il était prêt à bondir sur elle avec haine. Puis se relâchât. Elle franchit à peine la porte et un cri jaillissant de nulle part l'effaroucha. Elle descendit les escaliers comme une trombe. Même en talon de 8 centimètres de haut, elle était sure d'elle. Elle se retrouva face à Fatine devant son appartement au premier. Fatine avait l'air d'une hystérique et alarmante. Tous les locataires se retrouvaient autour d'elle, même Michael se trouvait là par hasard. Son employeur lui avait permis de travailler de chez lui. Pas la peine d'être médecin pour comprendre le stress engendré par Fatine, au sol de grosses flaques d'eaux dessinaient le parquet du couloir. Hélène lui prit la main pour la rassurer. Les garçons battaient des bras tel des oiseaux pour lui donner un peu d'air. Hélène

demanda à Michael de la seconder le temps d'enfiler un manteau et de récupérer un manteau pour Fatine. Elle n'oublia pas d'empaqueter quelques affaires du nécessaire pour sa toilette, c'est tout Hélène rien ne lui échappe. Elle a pris soin de tout organiser même de commander un taxi au plus vite. Aussitôt revenu, Michael paniqué tout en sueur lui laissa avec bonheur la place. Soudain une voix forte s'exprima du haut de l'immeuble. C'était celle de Daniel.

-Non Hélène ! Michael sera à même de conduire Fatine. Avec cette épaisse neige aucun taxi ne se déplacera. La station va rappeler pour annuler. Michael connait tous les raccourcis pour se rendre à Lyon.

Michael était furieux, il le regarda avec un regard noir tel un aigle en proie. L'ambiance changea vite.

-Non je ne peux pas, Fatine je suis désolé mais Hélène sera comment vous aider.

-Michael ! Tu te charges de Fatine sans discuter. Insista Daniel d'une voix autoritaire.

Michael ne comprenait décidément plus l'impassibilité avec laquelle il recevait cet ordre donné par Daniel cela devenait exaspérant, il était vraiment agacé. Ses idées étaient perturbées et perdues par le fait de conduire si loin et à Lyon. Mais il n'avait plus le temps de pleurer sur son sort. Une main lui serrant très fort son poignet, si activement que les ongles enfoncés sur sa paume le renvoyèrent à la réalité. Celle d'une femme enceinte prête à accoucher en lui hurlant dessus.

-Michael dépêche-toi ou sinon je te tue de mes propres mains si j'accouche dans ce couloir. Tu auras affaire à moi alors presses-toi.

-Ok, mais juste desserre un peu ta force de lionne enragée. Tu m'écrases le bras.

Une fois ce petit comité mit sur le départ, la porte de l'immeuble s'ouvrit. Natacha fit son entrée tout emmitouflée comme déguisée en bonhomme de neige. Elle était enveloppée de flocons, Michael lui commenta en une phrase le cas Fatine et décida de lui prêter main forte en l'accompagnant. Ils prirent la route en direction de Lyon tout en espérant arriver au plus vite. Une fois la porte fermée de l'immeuble, Daniel somma Hélène de le suivre au second étage. Elle était encore irritée de ses agissements et de ses remarques déplacées. Mais elle savait que Daniel exerçait une forte influence sur elle. Ils étaient face à la porte d'entrée de Michael, Daniel ouvra la porte et pénétra à l'intérieur. Hélène atterrée lui conseilla de ne pas dépasser certaines limites et d'arrêter de fouiller dans les affaires intimes de Michael comme une perquisition. Subitement ils entendirent un bruit à l'entrée.

Elle fut surprise par la sérénité et la placidité de Daniel, elle observa son manège. Natacha ouvra la porte et trouva Daniel devant elle avec le manteau et l'écharpe de Michael. Natacha le remercia et couru vers les escaliers pour rejoindre au plus vite son amie dans la voiture. Daniel en passant lui demanda de ne souffler aucun mot à Michael de façon qu'il reste concentré sur la route. Puis, il ajouta qu'il a failli les rejoindre pour lui remettre son manteau. Hélène respira enfin, elle ne croyait pas Daniel d'un tel acte. Il s'était conduit comme un gamin effronté et en soif de perdre la raison. Il s'introduit dans la chambre et trouva enfin ce qu'il chercha. Daniel balaya d'un coup d'œil la pièce et rumina.
-Voilà ma chère, j'espère qu'avec ceci vous pourrez avancer très vite sur votre travail. Il observa Hélène.
-Mais qu'est-ce que c'est cette boite en bois ? questionna Hélène.

-Des lettres que notre ami Michael s'écrit à lui-même. Et d'autres petites confidences. Faites des copies tout de suite sur son imprimante et reposez-les dans la boite. En étudiant ses lettres vous gagnerez un mois de thé et de conneries avec Michael.
Hélène du coin de l'œil mitrailla du regard tout le contenu de l'appartement. Comme si elle aussi cherchait quelque chose. Daniel fut très intrigué par l'observation ou plutôt le regard de chasseur, tout en écoutant les remarques dégradantes qu'elle peignit de lui.

Hélène resta froide et sans aucun commentaire. La mortification se lisait sur son visage et ignorait la totalité des agissements dégradés de Daniel. Avait-elle le choix ? ou démissionner tout simplement. Pas vraiment, Daniel était non seulement son patron depuis des années à New York et un vieil ami. Elle lui devait une sacrée dette concernant une affaire des plus gênante dans sa vie professionnelle qui aurait pu la mettre dans une situation inconfortable sans l'aide de Daniel. Elle commença rapidement à mépriser ce caractère dominé par une colère profonde et sans fondement. En un instant, elle rêva de le pulvériser à coup d'imprimante. Mais elle reprit vite ses esprits.

Daniel balaya la pièce et les hauteurs des murs d'un seul coup d'œil, releva le menton en poussant un ricanement que même un mort l'étoufferait. Il se mit à décrire l'absurdité des tableaux qui ornaient les murs. Il se fit un plaisir à débattre de la stupidité des choix de Michael au cœur fleur bleue.

-Une danseuse étoile ben voyons ! Cet abruti de Roméo est amoureux de Natacha et au lieu de lui déclarer son amour comme n'importe quel être sensé et plein d'esprit, ce malheureux se contente d'une peinture.

Les yeux d'Hélène sortaient de leurs orbites Elle ressenti comme une suffocation et ressemblait à un pion noir articulant de case en case par une main forte et envahissante à la limite dérangeante comme une mise à mort de la dame face au roi du jeu. Quand il y a mauvaise entente dans toutes choses, il fallait toujours un compromis pour maintenir un équilibre. Elle résistait cherchant le calme et la sérénité au plus profond d'elle sans exploser sa colère en se le répétant dans son esprit en silence. Elle avança devant lui pris sa main droite tout en le trainant devant la porte d'entrée lui signalant qu'il fallait sortir de l'appartement. Et d'un coup les mots ne pouvant plus

se cacher au silence et dans l'ombre, Ils abusèrent de cette bouche fermée comme poussés par une tornade.
-Vous êtes le mal incarné, un mal si lourd, impatient tout autant avide de manipulation, d'arrogance et zélé d'entrainer un jeune homme dans l'abime avec vous. Son illustre mentor quel gâchis !! Vous êtes non seulement un fou ou psychopathe mais vous essayez de convoiter vraiment tout ce qui vous entoure n'est-ce ? Riposta Hélène
Elle n'avait plus les idées claires elle se sentait prise, serrée comme dans un étau et toute fois une peur de voir le marteau l'achever. Elle était face à la fascination et la peur. Elle se mit à débiter sans s'arrêter des phrases encore plus incohérentes même absurdes les unes que les autres. Daniel recula d'un pas et lui dit.
-Ma punition ma chère c'est qu'elle m'a bien eu
-Mais de qui parlez-vous ?
-A votre avis. Qui d'autre ! Votre douce et tendre amie Eléonore.
Hélène entendit à nouveau le nom d'Eléonore. Elle ne supportait plus entendre le moindre commentaire sur son amie disparue. Cela rendait sa personne nerveuse. Elle laissa continuer son interlocuteur qui

visiblement, la défunte cachait une autre vie. Qui le mit hors de lui.

-Ce jeune homme va devenir riche a million, un gamin irrespectueux c'est le loto du siècle pour lui ! Eléonore veut tout me prendre même de sa tombe. Alors non, je ne suis pas un psychopathe, un loup des affaires mais pas fou. Je n'ai que faire de ses agneaux égarés. Ils me donnent la gerbe. Mettez toute votre ardeur à mettre en scène ses délires amoureux envers sa danseuse. Il faut l'aider à bâtir son avenir. Il se retourna puis remarqua une chose. Cet idiot a oublié ces lunettes ho ! bon sang ce n'est pas lui qui conduit mais Natacha.

-Et comment le savez-vous ?

-Car sans ses binocles, il voit flou. Débarrasser moi de ces lunettes grotesques et payer lui des lentilles, une nouvelle coupe. Ah oui ajuster ses foutus vestes et pantalons on dirait un clown.

-Pourquoi ne pas lui dire tout simplement la vérité et le prendre sous votre aile. Dit-elle avec un air un tendu.

-Brave Hélène, contrôler vos émotions, n'est-ce pas le but de votre travail ? Savoir canaliser et gérer les émotions, fusionner les pensées à nos émois pour que nos vœux s'accomplissent.

-Vous devriez justement mettre un frein à vos pensées destructrices, morbides vous sembler perdre vos forces mon ami. Oublier donc Eléonore, elle est morte. Ce sera tout monsieur le donneur de leçon. Juste une précision Ne soyez pas si impatient. Un conseil ne soyez pas si amer et frustré de voir des résultats. Profiter du temps qu'il vous reste à l'aimer, à vraiment le connaitre tel qu'il est sans le changer pour un homme comme vous. Moi, Je ne fais pas de miracle.

-Et moi je vais perdre patience si vous continuez à me les cassez !

-Comment ? votre patience ! ben ça alors !

Daniel se perçoit d'un coup faible et commença à transpirer à grosse goutte. Et il eut encore de la force pour souffler une phrase que Hélène trouva surprenante de sa part. Il lui dit d'une voix faible « ce qui est remarquable c'est qu'une naissance est toujours suivie d'une mort ». Hélène le remonta dans son appartement le mit au lit après lui avoir donné toute sa batterie de comprimés, et réglé son appareil qui lui donnait encore une rallonge de vie. Elle éteignit la lumière une fois que les yeux de ce dernier se fermèrent. Il s'endormit comme un loir. Elle contrôla son pouls toutes les demi-heures. A part elle et l'avocat de Daniel, ce sont les deux personnes au courant du secret de ce vieux pervers au cœur de pierre. Il avait un cancer, il eut une rémission complète mais la vie a voulu que ce mal revienne très rapidement et plus dévastateur que jamais. Il avait eu l'habitude de tout acheter avec sa fortune mais la vie ne lui avait pas permise cette audace et faciliter sa guérison. Il avait sillonné toutes les grandes villes du monde pour s'accorder quelques années ou quelques mois de plus pour vivre. Mais non, la mort s'acharna sur lui et son robuste corps essayait tant bien que mal de reculer l'échéance. Non pas qu'elle lui faisait peur. Daniel n'avait aucune appréhension même pas de la mort. Mais son unique faiblesse et son angoisse pourrait l'envoyer au plus profond des enfers, un secret bien caché au fond de son esprit. Et sa crainte serait terrible face à cette découverte. Car même si la mort ne lui faisait pas peur. Ce sont les abimes de l'enfer qui le terrifiait. Hélène referma la porte derrière elle. En sortant dans le couloir, elle entendit des chuchotements, une voix. Elle s'avança vers la rambade se pencha en avant, il n'y avait personne. Elle descendit rapidement les escaliers et trouva au sol un stylo. Mais juste derrière le mur de l'entrée des garages, un souffle s'étouffa au silence, le cœur ralentit et le corps se raidit. L'ombre caché ne sortit de la cachette qu'une fois la porte de l'appartement de Hélène se referma. Visiblement la peur de la mort était au cœur de la soirée cette nuit-là.

Chapitre 3

Acceptation, renaissance et changement

« Au milieu de l'hiver, j'apprenais enfin

Qu'il y avait en moi un été invincible. »

Albert Camus

3 jours plus tard

Un soir de lune, aussi blanche et lumineuse, annonciateur d'un ciel clair sans perturbation. Une belle nuit étoilée douce sans vent ni pluie ni neige. Voilà une soirée agréable pour célébrer la bienvenue à Fatine et son bébé pour leur retour devant un feu de cheminée. Fatine avait accouché à l'hôpital de la Croix-Rousse. Un hôpital aussi vieux que ses aïeuls et il était tant de quitter ses vieilles briques et retrouver des visages gais que de rester en compagnies de nouvelles mamans aux visages de zombie ou la fatigue et l'épuisement s'emparaient de leurs fragiles corps encore endolories laissés par cette nouvelle cicatrice qu'était la naissance. Les voisins appréciés de Fatine avaient en cachette organisé une petite fête. Seul absent Daniel, il avait laissé un message à Michael relatant son voyage d'affaire à New-York sa ville de baptême. La soirée se déroula chez Hélène, elle et ces amis voisins dressèrent des mets tout aussi succulents et bien entendu tout ce que Fatine appréciait manger. Les plats cuisinés avec bonheur par le chef Kélian toujours à l'écoute, agréable et très affable juste un peu assommant lorsqu'il parle de sa passion culinaire. Les seules choses qu'on pourrait bien lui reprocher étaient sa vantardise et sa gourmandise. Toujours en tenue décontracté et vêtu d'un simple jean bleu brute plutôt chic, une chemise blanche et des chaussures timberland appelé Yellow boots. Son arme de séduction, un sourire éclatant qui jalouserait un tube de dentifrice. Bien sûr cet homme soucieux de son apparence ne se gêna pas de saluer sa présence devant le miroir d'Hélène tout en coiffant une mèche

rebelle de sa main. Tous les convives étaient admiratives devant l'arrivée du tant attendu bébé et de sa charmante maman. Encore un peu vaseuse mais heureuse, suivi juste derrière d'un homme plutôt beau, élégant et un tantinet maladroit. Et une voix sortie du flot de bavardages riches de curiosités et de questionnements.
-Ho ! mon dieu ! admirer ce bel homme. Disait-elle Hélène ! en clignant d'un œil à Michael.
Michael en était devenu rouge écarlate mais cela lui plaisait. Ils suivirent de grands applaudissements pour cette belle prestation de la transformation totale de ce dernier, même Hélène en resta étonnée car elle n'était pas du tout liée à ce brutal mais plutôt positif à cet éventuel changement. Car c'était un commanditaire qu'elle devait au préalable s'occuper selon les dernières consignes ou ordres donné par Daniel. Toujours un peu timide devant le charme et la beauté de Natacha qui le dévisagea sans aucun complexe. Michael très embarrassé par ce regain d'intérêt, il balbutia quelques mots :

-S'il vous plait arrêtez de me reluquer ainsi ! Manifestez plutôt votre attention sur ce magnifique petit être, c'est pour lui cette fête.

Malgré, l'ambiance festive, on pouvait sentir comme un léger doute ce soir-là qui planait dans la pièce. Les invités souriaient, mais chacun d'eux cachaient un petit détail de leurs vies respectives comme derrière un masque invisible. Les regards s'échangeaient de façon amicale mais remplis de questionnements que les invités se gardaient bien de tenir secret.

Une fois la foule cessant toute observation du côté de Michael. Les convives se précipitèrent en formant une sympathique petite ronde autour du couffin de l'intéressé bébé. Michael en profita pour figer ce moment de bonheur et de partage avec son appareil photo. Natacha profita de l'occupation de la petite tribu, à s'amuser en jouant à la débilité sur jouée de petites grimaces enfantines que n'importe quel adulte était en phase d'adopter face à un nourrisson. Ensuite, elle s'approcha avec prudence de Michael. Et nonchalamment avec une pointe de grâce comme une danseuse en proie de douces musiques pour la transporter du haut de ces talons. Elle le regarda puis l'aborda, elle engagea rapidement la conversation.

-Tu es un prestidigitateur, ou illusionniste non seulement des mots mais aussi des surprises. Très cher Michael.
-Et toi ma chère, un papillon butinant de pétales en pétales insufflant la magie des notes tantôt basses tantôt hautes pour se coucher sur le papier et transcrire leurs puissances. Leurs rêveries en mots doux comme le miel …
Michael ne finit pas sa phrase. Natacha le charmait de son sourire avec un petit soupçon de drague elle insista pour qu'il finisse sa phrase. Michael fut envouté irrémédiablement et de ses lèvres envoya cette réplique.
-Si tu es sage, promis tu liras mes poèmes un jour.
Natacha le prit en aparté, et lui offrit la possibilité de s'échapper de la petite fête en catimini. Michael a longuement hésité et fut tiré par Natacha manteau à la main si pressante de décamper. Seule Hélène fut le témoin de leur disparition. Elle ne fut que plus heureuse. Tout lui souriait sans une once de manipulations. Elle était plutôt enjouée de cette situation. Mais elle resta prudente, elle ne parla à personne de la mystérieuse personne qui rodait dans les couloirs quelques jours auparavant. Quelques

minutes plus tard ce petit monde signaient une carte de naissance, Kélian ne trouvait pas son stylo fétiche, Il le portait toujours sur lui. Il fit une grimace et se contenta du stylo de Fatine mais l'œil de Hélène ne déviât pas. Ses soupçons se posèrent sur son voisin. Natacha entraina Michael dehors avec un culot propre à elle, lui proposa un verre dans un endroit plutôt calme. Il prit sa main recouverte d'un gant en cuir et traversèrent la rue. Ils pénétrèrent dans le café librairie. Et Natacha lui fit une remarque.
-Michael c'est un café ! rien d'excitant ou palpitant.
-Reste cool attend tu vas voir.
Tous deux prirent place à une table coté vitre de la rue. Il était galant, il tira son siège. Elle posa son sac s'assied et déroula sa longue écharpe de laine. Ses longs cheveux bruns accrochaient la lumière diffusée par les spots de couleurs suspendus au-dessus de leurs têtes. Elle déboutonna son duffle-coat caramel et poussa une quinte de toux. Elle glissa un sourire en observant par la fenêtre tout émerveillée, la douceur de la neige au sol scintillante grâce à la lueur des éclairages extérieurs. Le café Jazzy était un bar ou la particularité était de pouvoir lire toutes sorte de fabuleux livres en sirotant sa boisson préférée. Il était

réputé sous le nom du Jazzy. Le cadre était romantique et très rustique, des tableaux de grands artistes de musiciens de jazz suspendus aux murs offraient son plus bel effet. Tout le long des murs reposaient des étagères en bois, de milliers de livres se dressaient, les clients mordus de lectures avaient juste à les cueillir pendant leur pause. A cette heure - ci le bar était bondé, il était sur deux niveaux et immense. Un service irréprochable même les employés étaient agréables et très rapides, une jeune serveuse s'approcha à leur table pour prendre la commande. Elle portait un pull noir le nom du bar était brodé dessus. Elle était rousse, les cheveux longs coiffés d'une queue de cheval. Elle avait à peine la vingtaine au visage frais. Puis Natacha regarda assez longuement Michael terriblement gêné. Elle enclencha la conversation afin de briser le silence.

Elle revenait sans cesse sur la motivation de son changement mourant d'appétit devant les réponses de Michael. Mais il esquiva sa question et s'engagea sur un sujet avoisinant le sujet. Il lui répondit tout en ajustant ses mots « Nous avons tous cette ambition de changer le monde faire du bien sur tous ce que nous détestons, la faim, la pauvreté le mal etc…Je

pense que Einstein avait raison tout vient de l'esprit. Si nous formatons nos pensées, essayons tout d'abord de nous changer nous-même, d'être meilleurs. Une meilleure vision de nous -même et d'arrêter de s'apitoyer sur nos sorts. Enfin je sais que ce n'est pas facile mais au moins ce n'est pas un leurre. Donc tout cet engouement d'aider le reste du monde commençons par l'homme lui-même. Une nouvelle rééducation mentale et moral. Et cela va résoudre petit à petit toute souffrance venant de l'homme. » Natacha buvait ses paroles, elle acquiesçait de sa tête comme d'un accord avec ses dire. Elle le questionna sur la place de Dieu dans cette folie de cruauté des hommes et de comprendre ce qui animaient tant les hommes à cette violence tout en sachant leurs appartenances à un corps religieux et de toutes religions confondues.
-Arrêtes de me regarder comme un phénomène étrange. Lui demanda Michael
-Tu es différent c'est tout. Je ne suis pas habitué à te voir sans tes lunettes et ta coupe enfantine. Il vrai que tu étais …
-Finis ta phrase

-Non je voulais dire qu'il vrai que je ne voyais pas vraiment ton physique mais ta créativité ton talent de musicien.
Elle était passionnée de musique tout comme la danse. Elle lui expliquait que les deux disciplines se liaient comme un accord. Puis d'un coup, elle ne dit plus rien. Elle se retourna et vit un musicien sur le comptoir du bar. Un enchantement se lit sur son visage et son corps. Elle applaudit avec joie ce magnifique morceau de Miles Davis. Et son ami lui chuchota que tous les mercredis soir c'est soirée Jazz. Ils finissent par se détendre tout en s'abreuvant de délicieux cocktails. Elle discuta de tous les sujets et lui demanda par curiosité pourquoi cet engouement pour les mots, écrire et qu'il en a fait son métier. Michael avec sourire lui rétorqua sans réfléchir comme une libération spontanée. « Pour me raconter à travers la magie du merveilleux qui alimente l'imagination. Peut-être aussi pour m'échapper de l'état dépressif que je cultive à merveille ces derniers temps et du coup les mots provoquent en moi un enchantement comme une passerelle me menant à un paradis virtuel remplie de ressources inépuisables. J'adore écrire, cela me soulage de certains maux en

les couchant sur papier ». Ils discutèrent, échangèrent un long moment sur leurs passions communes, et la culture artistique. Mais elle insista sur son nouveau physique et un Michael très élégant qui sans rien lui cacher ne l'avait pas laissé indifférente. Durant toute la soirée, elle n'a cessé de le charmer offrant un véritable spectacle en finesse et discret accompagné de ce côté sensuel, suave tout en se mordant les lèvres rouges qu'elle savait tant maitriser. Il était bien sûr ravi même très touché par ces compliments, ses attentions si honorables tout en leur prêtant une grande suggestion. Michael avec élégance et humblement lui souffla qu'un matin il décida de se reconstruire et que le physique pouvait l'aider en confiance et surtout lui donner une touche d'élégance pour ainsi dire lui faire oublier sa tristesse et le mélodrame. Tout est une question de vision des choses à chacun son pense-bête et sa manière d'apprivoiser ses peurs et ses travers.

Il a tout simplement suivi les conseils de Miss Hélène, il y a quelques temps, elle lui avait confié qu'avant toute chose pour apprécier le monde et son prochain, il fallait déjà apprendre à s'aimer et prendre soin de sa personne pour s'affirmer et s'imposer à la société en mettant en avant ses forces et de jouer de ses défauts avec humour. Enfin récolter avec amour et gratitude les fruits même sous l'apparence de la dureté de l'existence. Il faut saisir la vie comme une rose avec ses épines coupantes. Durant quelques jours il passa le grand cap, un point essentiel celui d'accepter sa propre personne de croire en soi, de se dessiner un but et de le mener jusqu'au bout pour s'accomplir. Peu importe le défi mais de s'y tenir. Comme un peintre devant une toile, à dessiner son projet tel qu'il imaginait par les envies, les vibrations, il pouvait apprécier la joie de la découverte du changement apporté. Le pinceau se coucherait pour couler les couleurs, lui donner vie au plus profond de des sentiments. Michael et Natacha apprécièrent ce moment d'intimité, un court instant ensemble se redécouvrir intimement. Ce fut la première fois et même le premier rendez-vous sans étiquette sans équivoque. Du moins en apparence.

Juste un tête-à-tête en toute simplicité sans prendre de gants. La séduction s'opérait naturellement sans le moindre grain de sable se logeant pour ébranler un château de carte. Celui-ci semblait s'édifier sur un fondement bien solide. La soirée fut si belle que le temps défilait si rapidement. Ils se retrouvèrent face à l'appartement de Natacha. Il se remercièrent chacun maladroitement avec une bise sur chaque joue et Michael glissa d'un pas joyeux vers la porte d'à côté en ouvrant sa porte avec un sentiment d'arrache-cœur. Un dernier coup d'œil derrière son épaule en esquissant un sourire à son amie.

6HOO du matin le réveil sonna sur la petite table de nuit, une lumière douce venait traverser les vitres de la chambre. Natacha se leva avec le sourire aux lèvres, s'étira quelques secondes les bras levées au ciel. Elle ferma les yeux, elle imagina sa journée aussi parfaite que la pensée de ce mot. Elle le répéta à voix haute. « Maintenant ma journée est parfaite, ma vie est belle, je suis la reine de la danse. » Elle respira un bon coup et posa le pied au sol. Elle était tout émoustillée, ses pieds caressèrent le parquet blond et glissa dessus avec une posture digne d'une ballerine. Le bois craquait sous ses pieds, elle se sentait si légère et guillerette, un corps d'anguille. Elle dansa comme une étoile, le temps s'arrêta. Pendant ce temps de l'autre côté des murs Michael étudiait un nouveau morceau de musique. Les vibrations dégageaient de bonnes ondes, un instant rêveur s'emparât de nos amoureux. Même si un mur en béton les séparait. Ils ressentaient cet état de plénitude et l'envie de se prendre dans les bras, comme si la musique les réunissait. Natacha dansait encore et encore suivant le rythme de note pianoté par son voisin. Elle ressentait cette puissance comme un fil les reliant. Elle était si sereine, son corps volait presque avec toute sa grâce comme un cygne dans sa majesté rempli de splendeur.

L'instant d'après, elle ouvrit sa porte et se retrouva nez à nez devant Michael cartable en cuir en main affublé d'un long manteau noir. Il s'avança vers elle, il prit sa fine taille par son bras et se rapprocha de ses lèvres lui offrant un baiser puis un second digne d'un film au cinéma. Puis de sa voix tendre lui dit tout bas.
-Merveilleuse journée !
Elle resta là immobile, tout émue tout de même heureuse, un peu rêveuse sur le moment. Elle posa son doigt sur ses lèvres encore chaude pour retenir encore cette douceur.

2 jours plus tard,
Natacha était fraiche, débonnaire affable, heureuse. Elle ne se laissait plus abattre ou se laisser envahir et

écraser par le passé, le souvenir de sa courte carrière de danseuse étoile. Faire carrière était séduisante mais ce ne fut pas son truc disait-elle « l'important est de s'en foutre. » se rappela une citation de Pagnol « apprécier la vie le matériel les titres on s'en fou » disait -elle devant son miroir tout en se coiffant. Tout d'un coup en observant la glace, elle imagina le visage de Michael. Derrière ce mur de brique Michael aussi était figé comme un penseur devant son reflet étrangement comme un lien qui les attiraient les liaient comme deux amants en quête amoureuse. La fabuleuse phrase de Michael sortit de ses lèvres « Aujourd'hui tu es le meilleur et je t'aime » en posant sa main sur le miroir et tout d'un coup ce mot fait écho en lui comme s'il traversait le mur de l'autre côté.

Natacha fini de se préparer et en se regardant devant son magnifique visage, elle s'adressa aussi un je t'aime comme si l'écho lui parvenait à son oreille et ajouta invite moi à un magnifique rendez-vous. Ha ! le miroir, une grande force pourrait-il lui envoyer le reflet de son désir profond ? Elle se rendit compte très vite qu'elle devait vite s'habiller et de mettre en parenthèse sa rêverie avant que l'on surprenne sa folie des grandeurs en souriant. Après-tout cela ne fait pas de mal juste un petit plaisir se disait-elle devant la glace. Quelques heures plus-tard, elle recevait une visite des plus inattendue. Elle se précipita pour ouvrir et un immense sourire suivi d'un cri de joie s'exprima de la jeune femme. Elle sauta dans les bras de ce jeune homme. Il semblait être plus jeune qu'elle avec un dossier en main. Michael lui aussi se tenait devant le couloir avec l'intention de l'inviter à sortir. Il fut complètement dévasté devant cette scène qui le mis mal à l'aise à la limite au-dessus de la jalousie. Il resta courtois, un tantinet ridicule avec son bouquet de fleurs et déroutant un sourire crispé tout en souhaitant rapidement le départ du jeune homme.

Il s'avança vers eux, dissimulant une contrariété suivie d'un tonnerre grondant silencieusement dans son esprit comme une descente de 150 étages qui l acheva nette. Il était encore sonné. Natacha le débarrassa des fleurs en le remerciant d'une bise et d'une accolade affectueuse tout en l'invitant à entrer.
-Michael, je te présente mon conseiller Rob dit -elle. Il m'aide pour mener à bien mon école de danses. Il est marié à ma meilleure amie.

Chapitre 4

Le journal de la mort

« L'amour supporte mieux l'absence ou la mort que le doute ou la trahison. »

André Maurois

Michael au fond de lui jubilait d'entendre le mot marié. Son rythme cardiaque ralentit à la normale et une couleur plus vivante colora son teint. Il était pressé d'accaparer Natacha. Il avait prévu une petite surprise. Robert, Rob pour les intimes ne faisait qu'une courte et rapide visite à son amie et lui promit de revenir très vite pour une autre nouvelle. Après ce départ très précipité, Michael lui prit la main et lui dit.

-Je veux t'emmener à un endroit assez spécial qui va surement ou plutôt va te plaire. Prends ton manteau et viens, l'instant d'après ils prirent la route vers cet endroit si mystérieux. Natacha était très épanouie surtout que ce matin même, elle fit le vœu d'une invitation à sortir. Intérieurement elle était aux anges à la limite euphoriques. Une intense joie s'émana d'elle.

La petite promenade en voiture fut très courte, elle reconnut la route qui conduisait au lac. La voiture s'arrêta, Michael en descendit et prit soin de lui ouvrir la portière. Les yeux de Natacha s'écarquillèrent d'étonnement et de splendeur devant ce paysage ; un grand portail le plus imposant de la propriété s'ouvrit devant elle comme par magie. Michael rangea son badge dans sa poche invita cette dernière à le suivre. Elle n'en revenait toujours pas. Son regard plongeait sur le jardin de la propriété et l'imaginait toute en fleurs en saison de printemps. Elle parvint même à flâner autour de ses haies en forme de labyrinthe. Son regard s'étendait jusqu'au bout de la résidence. Elle était sous le charme. Une fois arrivée devant la bâtisse elle l'interrogea.

-Ce manoir ressemble exactement au tableau accroché dans le couloir de notre l'immeuble.
-Exacte, c'est bien lui.
Ils rentrèrent à l'intérieur mais Natacha fut si surprise et inquiète à la fois. Elle ne put s'empêcher de cacher sa peur.
-Michael tu es sûre que nous sommes autorisés à pénétrer dans cet endroit majestueux et grandiose.
-Ne t'inquiète pas. Tu as bien vu les clés en ma possession. Je te présente le domaine « Le lys royal ».
-C'est ma fleur préférée lui dit-elle.
-Et celle d'Éléonore ma mère, elle aimait les lys. Viens suis-moi.
Natacha s'était déjà éprise du manoir. Elle était subjuguée par la richesse du détail et des grandes pièces. Leurs voix résonnaient entre les murs.
-Et celle d'Éléonore ma mère, elle aimait les lys. Viens suis-moi.
Michael l'emmena vers un endroit secret que seuls les initiés partageaient avec ferveur ; il lui fit emprunter des escaliers dans les entrailles du manoir. Ils menaient au fond des sous-sols. Ils traversèrent plusieurs couloirs et portes pour découvrir une fabuleuse source aux trésors celle de milliers de livres

aussi unique les uns aux autres à faire grincer les dents des plus grands académiciens. Des pièces exceptionnelles comme des joyaux du savoir. Ces livres ont partagé l'intimité de certaines élites de la famille de Daniel depuis des siècles. D'après l'histoire, la famille organisait ici des Tea times en savourant délicatement les écoutes de vers d'Apollinaire, Aragon, Shakespeare, Ronsard ou Montaigne. Des récits de poésie accompagnés de notes de piano. D'après la légende, les invités s'octroyaient un pur moment de cérémonie littéraire presque religieuse en compagnie de ses grands auteurs disparus. Comme si la lecture matérialisait les hôtes vivant sous la grâce.

Natacha avançait lentement comme un papillon butinant d'étagères en étagères parcourant les livres des yeux. Son regard curieux suivait les lignes de cette immense bibliothèque très prestigieuse. Ses pas dansaient dans tous les sens à presque sautiller de rayon en rayon. Elle ne savait même plus où chercher tellement le vertige de lecture l'emporta. Tout d'un coup, elle s'arrêta devant un livre, sa main effleura sa couverture, délicatement elle ouvrit l'ouvrage et dès la première page feuilletée, subitement une main

forte claqua la couverture et reposa le livre à sa place. Natacha ouvra la bouche pour s'exprimer mais elle n'eut le temps. L'index de Michael se posa rapidement sur ses lèvres et lui dit.
-Plus tard en fin d'après-midi.
Il la contemplait longuement, de ses bras puissants enveloppèrent la taille fine de Natacha. Elle ne vacillait pas devant lui, à travers son chemisier sa poitrine gonflait de désir si ce n'est que de gouter à nouveau à ses lèvres, son souffle ralentit et elle avança légèrement la tête vers lui. Il était séduit par l'audace de Natacha et son sourire ravageur, ces lèvres qui ne tremblaient pas désiraient être embrassées, elle semblait imperturbable. Elle sentait la respiration accélérée de Michael quand soudain un bruit retentit à l'étage comme un craquements de bois. Michael se dirigea vers les escaliers. Natacha n'avait qu'une envie calmer son ardeur et finit par mordre sur une pomme que Michael avait soigneusement apporté dans un panier garni et posé sur une table.

En attendant le retour de Michael Natacha continua sa visite tout en admirant le fameux livre et observa dans l'enfoncement de l'étagère une espèce de pièce plate et ronde comme une pièce de monnaie. Elle voulut la saisir mais celle-ci était coller sur la planche de bois. Elle caressa lentement la surface pour chercher à comprendre, et en appuyant légèrement dessus, elle enclencha un mécanisme d'ouverture. L'étagère se disloqua du reste de la bibliothèque et s'ouvrit comme une porte. Natacha fut très surprise et cria Michael ! Michael ! Mais rien aucun signe en retour. Elle supposa qu'il ne l'entendit pas et décida de s'introduire à l'intérieur, Michael finirait bien par la retrouver.

Elle marcha dans un long couloir éclairé par la détection de mouvement. Elle entendit des pas précipités, elle se retourna mais personne, de sa petite voix tremblante appela à nouveau Michael ! mais aucune réponse ne vint à ses oreilles. Son cœur s'emballa très vite, prudente elle mesura ses pas. Elle ne savait pas où ce corridor conduirait mais sa curiosité l'entraina. Elle prit des escaliers encore et encore, mais suivi son instinct, Le bruit était de plus en plus rapproché. Elle ressentait la peur ne pouvant plus reculer. Elle déboucha sur une trouvaille, la plus belle des chapelles s'offrait à ses yeux. Elle fouilla la pièce en long et en large mais ne trouva rien ni personne. Elle s'interrogeait sur la provenance du bruit. Pourtant elle a bel et bien entendu un bruit et des pas. Elle était attirée par un mur de brique de toute beauté ou de magnifiques tableaux trônaient en maitre des lieux. Tout était sublime et ancien, elle avait l'impression d'errer dans le cœur d'un château. Elle s'avança et toucha légèrement de sa main le mur lorsqu'elle buta sur une brique assez avancée par rapport aux autres .Comme si elle avait été rapidement touchée et déboitée sans prendre soin de l'enfoncer complètement .Natacha tira sur la brique et trouva un livre plutôt moderne et sans grande valeur .Elle comprit très vite que c'était un journal intime .Elle reconnut le journal d'Éléonore la mère de Michael .Natacha eut en main ce même journal il y a quelques mois ,tout juste avant la mort de cette dernière . Elle s'en souvint très bien et depuis le silence, elle n'en avait jamais discuté avec Michael.

Elle n'en revenait pas, la dernière fois qu'elle eut entre les mains ce journal, ce fut à l'hôpital auprès d'Éléonore, elle avait confiance en elle, elles étaient très proche malgré la différence d'âge. Elle se rappela ce moment comme si c'était hier. Elles étaient toutes deux dans la chambre, Éléonore venait de subir une importante chirurgie et même très lourde après un terrible accident sur une route de la campagne. Mais ce fameux jour Natacha venait tout juste de se remettre elle aussi d'une chute avec déchirure du ligament de la jambe droite. Ce fut fâcheusement la fin de sa carrière. Mais elle continua à rendre visite son amie, ce jour-là.

Éléonore lui confia ce journal et de le remettre en toute urgence et discrétion oblige à Michael sans témoin et en toute sécurité. Elle lui avait aussi avoué qu'un vautour rodait autour. A cette époque elle ne comprenait pas son discours. Bien entendu elle lui a formellement défendu d'ouvrir le contenu avec un objet et de le lire .Éléonore n'était pas stupide ,elle savait très bien que Natacha aurait été tenté donc elle prit soin de révéler la clé du journal à une autre personne de confiance son cuisinier personnel .Mais avant de mourir Éléonore demanda à Natacha de prendre soin de Michael et que son désir était de les voir ensemble et qu'il fallait qu' elle sache qu'il avait des sentiments fort pour elle .Mais surtout de lui venir en aide en temps voulu et ne faire confiance en personne même pas en Michael les premières jours . De rester patiente et en temps voulu elle recevrait un peu plus d'explications et qu'elle devait le soutenir et rester lier avec Michael à partir d'aujourd'hui.

Natacha scruta dans les tous les sens le journal mais rien à faire, impossible d'ouvrir sans la clé. Elle regarda à nouveau dans la cachette du mur. Elle passa sa main à l'intérieur et senti un objet dissimulé attaché par un scotch. C'est la clé super ! murmurait-elle. Elle se jeta sur le journal, elle commença à dévorer le contenu page par page en surveillant de temps à autre l'approche de Michael. Tout d'un coup, son visage en devenait bleu d'angoisse suivi d'une peur effroyable, son cœur battait si vite qu'elle avait l'urgence de se tenir contre le mur pour ne pas tomber. Les larmes coulaient ne pouvant plus s'arrêter. Elle n'arrêtait pas de dire « oh ! mon dieu, oh mon dieu ! c'est horrible. » Elle était bouleversée et la panique grandit en elle. La respiration s'affolait tout d'un coup, elle était prise de nausée et vomit dans un pot tout près d'elle. Tout d'un coup, elle entendit une voix venant du fond de la chapelle, elle leva la tête et vit une silhouette féminine plutôt blonde et mince. La robe flottait comme si elle était proche d'une bouche d'aération. La femme se retourna du côté de Natacha. Elle crut halluciner et tomba au sol elle s'était évanouie.

Quelques minutes plus tard Michael trouva le corps de Natacha au sol et s'écria :
-Mais que se passe-t-il ? tout en regardant son corps évanoui.
Michael la secoua et la souleva pour lui donner un peu d'eau et déboutonna un bouton de son chemisier. Il réalisa d'avoir franchi une certaine limite et commença à crier sur Kélian et Fatine. « Elle n'était pas prête, je le savais c'était trop tôt ou trop tard ».
Kélian lui demanda tout doucement à Michael.
-savais-tu qu'elle faisait partie du plan d'Eléonore ?
-Non, absolument pas. Je l'ai compris il y a peu de temps. Ma mère à l'art des surprises tout comme sa vie, paix à son âme. J'aurai dû être plus attentif, après tout elle a choisi Natacha pour me remettre le journal.
Fatine s'avança près de Natacha en se posant une multitude de questions.
-Mais que faisait-elle ici et comment avait-elle la clé du journal.
-Je plaide coupable, je l'avais pourtant bien cachée. Dit Michael.

Natacha ouvrit petit à petit les yeux, la tête au creux des bras de Mickael et se leva brusquement en pestant qu'elle avait mal en se touchant le crâne. Michael la rassura qu'elle aurait juste une petite bosse mais sans gravité. Elle reprit ses émotions et le fixa d'un regard noir, elle le menaça de tout raconter en les mettant en garde et de s'éloigner d'elle dans un premier temps. Elle regarda autour d'elle cherchant le journal d'Éléonore, Il avait disparu. Natacha les observa un par un, respira lentement et demanda des explications.

-C'est quoi ce bordel ! Merde vous êtes qui finalement des cinglés échappés de Vinatier !

Michael s'approcha d'elle et elle s'écria.

-Michael ne bouge pas ! Tu m'as menti. Vous êtes tous des imposteurs putain de Bordel.

Elle se tourna vers Kélian au regard inquiet, un peu paniqué.

-C'est vous ! n'est-ce pas le cuistot fidèle d'Éléonore et toi Fatine tu incarnes qui bordel ? son infirmière débile. Elle reprit son souffle.

-Attend on va t'expliquer tu n'as rien à craindre de nous Natacha. On voulait te mettre au courant et tu avais disparu de la bibliothèque. s'exclama Michael.

-Non c'est vrai, tiens donc. Je viens de lire son journal intime OK truffé de monstruosité et d'un meurtre de plusieurs crimes. Elle s'arrêta un instant repris sa respiration et elle ajouta.
-J'ai vu Éléonore, ou son fantôme... Et tu oses prétendre que je n'ai rien à craindre.
Elle se sentait trahi, ses yeux s'étaient brouillés. Sa petite vie tranquille entrait dans un cauchemar. Elle était désemparée. Elle ne savait pas encore mais sa vie va changer complètement dans les minutes qui suivirent avec ou sans consentement. La petite ballerine ne dansera plus sur un rythme lent accompagné de douceur aux oreilles. Les épreuves passées ne seront rien à côté de ce que l'avenir lui réservait. Michael se mit à lui parler et révéla certaines informations.
-Voici Fatine la sœur jumelle de Hana.Hana, que tu as rencontré à ton arrivée. Il faut que tu saches que Hana était vraiment enceinte quand elle était avec nous à l'hôpital. Donc, Fatine est détective et m'aide dans ma petite enquête afin de trouver le meurtrier de ma mère. Une ancienne collègue, on travaillait ensemble dans mon ancien bureau. Elle m'aidait

dans les investigations et bien sûr une amie de ma mère.
-Pourquoi se compliquer la vie avec une femme enceinte ? Je ne comprends pas le rapport avec les deux jumelles. Annonça Natacha.
-Fatine buchait sur une enquête assez complexe sur une autre affaire. Elle était à l'autre bout du pays donc suivre le plan de ma mère fut impossible, il nous restait plus que Hana pour jouer son rôle en attendant le retour de Fatine. De plus elle était proche d'accoucher. Daniel n'y aurait vu que du feu. Il s'était absenté ce moment-là, la transition c'était bien faite.
Il tourna la tête vers Kélian avec une petite tape sur l'épaule et continua la présentation. Kélian est bien chef cuistot un ami de ma mère. Il en savait bien plus que moi sur cette affaire donc il m'a proposé son aide.
Natacha fit une remarque
-Et tu oublies une personne ... Hélène !
-Justement, personne d'entre nous connaissait Hélène. Je t'assure, je dis la vérité. Quand tu es arrivé la première fois je ne pouvais rien te dire car moi - même je ne savais rien. Oui c'est vrai, je connaissais Fatine et Kélian mais je devais tous nous protéger contre Daniel. Mais attention, je ne savais rien du

plan de ma mère. C'est bien plus tard que mes amis ici présents m'ont révélé leurs intentions réelles. Quand j'ai reçu le journal il y a deux mois par toi. Je n'avais pas de clé. Deux jours après j'ai reçu une lettre de ma mère. Elle avait remis la lettre à Kélian et bien sûr, il a posté la lettre lui -même. Ma mère devenait soupçonneuse envers tout l'hôpital et les administrateurs. Kélian était le seul à posséder la clé du journal. Tu imagines mon état il y a deux mois. On t'apporte un journal mais attention, tu dois être patient pour l'ouvrir. J'étais devenu fou, une vraie loque humaine. Je ne pouvais même pas en parler au vieux. J'ai dû harceler Kilian au téléphone, il était en voyage aussi.

Ils étaient tous là à un mètre d'elle ne pouvant que bien se tenir face à sa fragilité et au choc ou pire une rage. Natacha se sentait comme un petit oiseau en cage sans défense face à trois gros chats. Elle prit une grande respiration, les fixa des yeux et d'un geste bien décidé fit quelques pas face à Michael tout en le fouillant. Il ne rechigna point, elle trouva le journal dans sa poche intérieur du manteau.

Elle ne rêvait pas. Elle avait bien eu entre les mains un journal relatant les derniers jours de Eléonore et détaillant sa mort énigmatique ainsi qu'une partie de sa vie. Tout était dévoilé ou presque, ses liens cachés avec Daniel Steel. Elle ordonna aux trois compères de la laisser lire le journal à son aise et comprendre afin de retrouver confiance en eux. Elle s'assit au sol contre le mur et commença la lecture. Tout doucement elle plongea sa tête dans les pages, c'était comme si elle pénétra dans la vie la plus secrète de sa grande amie. Des choses si noires et machiavéliques que même elle avait du mal à y croire. Comment un homme si amoureux et bienveillant à tout égard pouvait faire du mal à Eléonore. Le nom du milliardaire revenait dans chaque page. Daniel Steel n'était autre que le responsable de son meurtre pas celui d'un accident mais bien d'un assassinat orchestré de maitre.

L'histoire débuta il y a près de trente-trois ans. Eléonore vivait sa jeunesse au cœur de New-York, une jeune étudiante dans la fleur de l'âge aimant l'art et l'histoire. Elle habitait un petit appartement qu'elle partageait avec une ravissante jeune femme elle aussi étudiante en art du nom de Katherine Romano. Une belle rousse New-Yorkaise qui possédait un carnet d'adresse bien rempli. Un soir, elle invita sa meilleure amie à un fabuleux cocktail, un vernissage dans une des plus prestigieuses galeries d'art à Manhattan. Elle était surexcitée, la petite provinciale arpentant les avenues de la grande ville cosmopolite et mythique du monde. La jeune femme était fascinée par ses grands buildings, son effervescence ainsi que toute cette riche culture de l'art. Une immense opportunité s'offrait à elle.

Eléonore disait que c'était une lucarne ouverte sur le grand monde. En quelques minutes une vie pouvait changer. Bien entendu dans son cas ce fut positif, avec la rencontre du séducteur Daniel. Il était éperdument amoureux d'elle, dès le premier regard. Depuis cette rencontre, ils ne se quittèrent plus. Le couple était bien décidé à rester unis. Mais cette dernière décida cinq années plus-tard de s'installer à Paris, juste après la naissance de Michael et garda bien en secret l'identité de son père qui ne fut autre que Daniel Steel bien entendu, le père n'étant pas au courant, il ne fut que coléreux, rageur et déstabilisé par cette nouvelle. Il eut un terrible choc en apprenant la nouvelle très peu de temps avant la mort de son amie. Il avait très peu de temps devant lui. Tout ce qu'il désirait c'était prendre son fils dans ses bras pour la première fois. Et lui dire combien il aimait son fils, et rattraper les années perdues. Mais durant les derniers jours de sa vie, elle découvrit le coté très sombre de Daniel. Elle a découvert ses travers des plus lugubres sans parler des affaires peu catholiques qu'ils s'apprêtaient à diriger. Elle lui interdit de révéler la vérité à son fils tant qu'il baignait dans des affaires sordides à New York sinon elle détruirait sa vie grâce aux documents révélés à la presse ainsi que d'autres preuves d'affaires tout aussi douteuses. Elle prit soin de tout notifier sur son petit journal pour donner suite aux nombreuses menaces proférées par lui-même. Elle lui tenait tête jusqu'au jour de son terrible accident. Elle n'était pas seule dans la voiture, un homme était bien présent ce jour-là.

Daniel conduisait ce jour-là. Ils étaient attendus à une dégustation de vin, dans un petit château aux alentours du beaujolais du nom de L'oiseau bleu. Mais ils ne sont jamais arrivés. Une forte dispute éclata sur la route, l'histoire se répéta à nouveau, il ne supporta plus être manipulé. Eléonore l'avais pourtant mis en garde mais Daniel était fou de rage alors …

-Vous entendez les gars ! s'exclama Fatine
Des bruits à l'étage résonnaient. Des craquements de bois, le petit groupe fit silence et Mickael ordonna au plus vite à Natacha de remettre la brique à sa place et de rester calme. Il rangea le journal dans sa poche et prirent les escaliers en file indienne. Un par un ils défilèrent dans le couloir de la grande pièce. Le dernier Michael poussa délicatement l'étagère secrète derrière lui. Et les chuchotements reprirent.
-A ton avis Michael qui peut bien venir au manoir. Demanda Natacha inquiète.
-Pas la moindre idée. Répondit Michael mais il est possible que ce soit Hélène.
-Hélène ? mais pourquoi Hélène serait-elle ici. Questionna Natacha
-J'ai entendu dire que son travail était de restaurer le manoir et lui rendre sa splendeur d'autrefois. Avança Fatine.
-C'est exact oui ! Mais aujourd'hui elle n'est pas censée être présente. C'est le week-end ! Affirma Michael.
Natacha proposa de prendre place sur la table et de faire mine de s'occuper en cas où elle les croiserait.

Chapitre 5

Le manoir le Lys

"Il est préférable d'armer et renforcer un héros que désarmer et affaiblir un ennemi"

D'Anne Brontë/ La Dame du manoir de Wildfell Hall

Dans le manoir, la bibliothèque résonnait le son de talons aiguilles, le petit groupe conféraient silencieusement. Une silhouette approchait, une voix calme et douce s'élevait des murs. C'était Hélène, bien décidé à les questionner.
-Que faites -vous tous ici ?
Michael se tourna vers Hélène arborant son plus beau sourire et lui répondit avec aisance.

-Bonjour Hélène je ne pensais pas vous voir ici. C'est d'ailleurs pour cette raison que je me suis permis d'inviter nos amis à une visite du Manoir.
-Et bien c'est dommage que je n'aie pas été conviée. J'aurais été honoré d'être votre guide.
Michael rassura Hélène que la visite sera pour la prochaine fois et s'excusa de partir aussitôt mais un rendez-vous l'attend. A plus tard ! Hélène s'écria Michael en glissant un geste pour rassembler sa petite troupe derrière lui tout en se dirigeant vers la sortie de la bâtisse. Natacha fut la première à s'interroger sur le comportement de Michael face à Hélène.
-Tu peux nous expliquer ce qui se passe. Pourquoi tu t'es comporté comme si elle te dérangeait. Oui c'est vrai tu l'as carrément envoyé se faire voir.
-Alors raconte nous ! ajouta Fatine, agitant ses mains en attente d'une réponse
Michael les regarda avec un air anxieux mais réussi à se calmer et fit signe de les suivre dans la voiture car il se sentit observé. Il aperçut le regard bleu et insistant de Hélène derrière le vitrail. Cette dernière affublée d'une gracieuse robe bleue marine et perchée sur ses hauts talons détourna le regard. Elle

poussa un cri presque étouffé. Sa gorge était serrée, la femme paniquée composa un numéro de téléphone de ses doigts tremblants. Elle tomba sur la messagerie et insista encore et encore déambulant sur le long couloir accroché à son téléphone en pestant merde et merde et merde. De son côté Michael reprit ses esprits et commença à parler au groupe du changement d'Hélène et plutôt assez brutal et se questionna. Aussitôt Natacha fit une remarque encore plus étrange.

-Le fait qu'elle ne boite plus ne fait pas d'elle une meurtrière !

Le petit groupe interloqué se retournèrent vers elle et Fatine dit :

-Mais oui vous avez vu elle marchait sans une once de douleur ou supplice. Remarqua Fatine

-Vous savez, il y a quelques jours, elle avait réussi à me foutre la trouille de ma vie. J'ai vraiment cru qu'elle m'avait vu caché dans la cage d'escalier à l'entrée du parking. Et en y pensant elle dévalait parfaitement les escaliers. Raconta Kélian.

Il est vrai que Hélène était loin de se plaindre de son état de santé mais depuis son arrivée elle s'appuyait fortement sur son pied droit du a sa souffrance musculaire. Michael nota aussi un léger accent new-yorkais qu'il lui rappelait vaguement quelque chose. Au début de leur rencontre cette accent était moins prononcé un peu à la british. Pouvait-t-elle dissimuler ou jouer avec son accent ? De nombreux points d'interrogations venaient s'emballer dans l'esprit de Michael. La dernière fois qu'il se noya corps et âme dans une enquête aussi tordue, fut lors de la mort de sa mère tant de questions sans réponses. Michael regarda Natacha assise sur le siège avant de sa Mercedes. L'odeur du cuir était très présente, il respira un bon coup puis la main de Michael se posa sur la poignée de vitesse et engrena la première mais il s'arrêta brusquement. Il ferma les fenêtres balaya d'un regard autour de lui vers l'extérieur. Il pencha la tête vers Natacha.

-Tu as dit « Le faite qu'elle ne boite plus ne fait pas d'elle une meurtrière » Tu peux m'expliquer.

Natacha ne savait pas quoi répondre, elle se mordit les lèvres cherchant une issue de secours afin de mettre court à ce questionnement qui devenait lourd et sans intérêt.

-Je ne savais pas ce que je disais. Je suis plutôt perturbée depuis que j'ai lu le journal et vu comment tu as décampé. J'en ai conclu que ...
-Que quoi ? finit ta phrase demanda Fatine les yeux tout écarquillés. Et raconte-nous de quelle manière tu te retrouves à Jonageville.
Michael bondit et se retourne vers Fatine.
-Stop Fatine calme-toi.
-Et puis d'ailleurs c'était quoi ces agitations entre Daniel et Hélène dans son bureau. On aurait cru qu'ils se disputaient à notre sujet. Rapporta Kélian.
Natacha tout en manipulant ses doigts, pouce contre index en poussant ces ongles. Michael observa lentement ce geste et en conclut qu'elle était nerveuse et même effrayée. Le choc de la découverte du contenu du journal l'avait totalement retournée. Il posa sa main droite sur la sienne pour calmer son angoisse. Il reprit la route et soudainement il donna à nouveau un grand coup de frein. Le visage de Hélène apparut devant eux sans crier gare. Au même moment la pluie fit son entrée, les gouttes perlées époussetèrent les trottoirs, les toits des immeubles, la pluie ne cessait de tomber. Elle avait même rincé

miss Hélène, elle était complètement trempée. Une voix tremblante lui dit.

-Monter vite Hélène, vous allez attraper la crève. Lui dit Natacha.

La portière arrière s'ouvrit, elle se glissa à l'intérieur toute mouillée. Les gouttes d'eaux glissèrent le long de son corps pour tomber à ses pieds sur le plancher de la voiture. Elle sanglotait de froid. Elle était tellement pressée de sortir qu'elle en oublia son manteau à l'intérieur du manoir.

Elle s'empressa de prendre la parole aussitôt.

-Mais que s'est -il passé ? Je vous ai aperçu par la fenêtre à vous agiter alors j'ai pensé que vous aviez rencontré un ennui. Est-ce le cas ?

Tout le petit monde resta sous silence. La voiture démarra enfin et se chemina sur la route humide et vide. La pluie battante avait fait fuir les passants, l'artère commerçante était déserte. La pluie claquait sur le bitume. Sur le trajet, Michael inséra un cd dans le poste et un vieux disque tourna. C'était un morceau de musique qu'Eléonore adorait, Nicole Croisille avec son tube inoubliable "le passager de la pluie". Discrètement il régla son rétro intérieur. Tout en conduisant prudemment, il observa d'un œil Hélène puis son regard croisa celui de cette dernière. Elle tenta de l'apprivoiser rien que par le regard qu'elle ne lui lança ni menaçant ni aguicheur. Hélène était de la vieille école, tenace mais toujours avec une très haute distinction. Michael aussitôt détourna les yeux. Rien ne faisait peur à Hélène pas même l'inconnu. Malgré le silence qui volait dans la voiture, par le rétro il pouvait entrevoir les lèvres d'Hélène remuer en silence, elle avait des yeux larmoyants. Soudain Michael fit la conversation à Hélène. Il évoqua sa mère, qu'elle aimait écouter cette chanson surtout en période de pluie. Et qu'elle embarquait de partout même durant les voyages, ce morceau tout particulièrement car il lui rappelait sa douce et tendre amie des Etats -unis. Il ajouta qu'elle lui a appris notre langue à l'aide de ce morceau. Et que son amie fidèle à force connaissait cette chanson par cœur malgré le barrage de la langue si dure à comprendre. Il fit une pause et sans hésiter il lui avoua qu'a bien des égards, elles se ressemblaient tant bien physiquement que par certains aspects. Hélène lui sourit et le remercia de si jolis compliments.

-Pardon ! Hélène c'est plutôt une remarque, une étrange coïncidence. Et il ajouta vous venez de New-York n'est-ce pas ?

Hélène ne cessa de bouger comme un parasite dans une friteuse. Elle sentit une forte chaleur montée en elle. Mais elle finit par ouvrir la bouche et Natacha demanda d'arrêter la voiture. Michael stoppa net.

-Mais enfin que t'arrive-t-il Natacha ? s'interrogea Michael

-Je dois absolument prendre des provisions. Je reviens vite. Ne t'inquiète pas de toute façon regarde nous sommes à un bloc de la maison.

Michael acquiesça sans se poser de questions déposa Natacha et continua la route. Il s'arrêta au feu rouge et prétesta avoir une affaire urgente à s'occuper. Il leur signala qu'il va rentrer très tard et qu'il les saluera demain matin. Les trois passagers se regardèrent et ne discutèrent point. La tension était déjà assez palpable.

-Voila !! les amis vous êtes arrivés.

Il pivota sa tête vers Hélène droit dans les yeux lui informa qu'il fera un petit détour au manoir pour récupérer son manteau. Et fera suivre sa voiture. Qu'il était inutile de retourner là-bas sous cette pluie battante. Il se hâta de retourner au manoir la tête enfouie dans un délire complétement fou. Il ne remarqua même pas la présence de Fatine toujours assise à l'arrière. Elle enjamba le siège avant et s'excusa par avance de s'installer sans y être invité. Elle était décidée à connaitre la suite et pourquoi faisait-il allusion à sa mère tout à l'heure. Quel est le rapport avec Hélène ? Elle voulait tout savoir dans les moindres détails.

-Tu sais Fatine, tu es vraiment une chieuse. Dis-moi as-tu en ta possession le dossier des flics de l'accident de ma mère.

-Eh bien oui je dois le trouver dans mon bureau chez moi. Pourquoi ?

-Une intuition. Et elle s'intensifie d'heures en heures

-Explique-toi.

-Il est encore trop tôt Fatine il me manque beaucoup d'éléments pour en être sure.

-Tout ce que je peux dire c'est soit Hélène fait une crise d'identité soit c'est une belle menteuse et usurpatrice. Et Daniel sait bien foutu de ma gueule. Je pense qu'ils se connaissent tous deux depuis des années voir depuis leur jeunesse et cette femme qui

se nomme Hélène pourrait bien s'agir de Katherine Romano la meilleure amie de ma mère.
-Mais pourquoi tu m'as interrompu avec Natacha ? Tu ne te pose pas la question ?
-J'en fait mon affaire, elle est inoffensive et je pense savoir pourquoi elle est parmi nous.
-Ah bon ! accouche !
-Elle est tout simplement la petite protégée de Daniel. Je pense qu'il a aidé financièrement Natacha à construire son école de danse et par la même occasion de nous marier ou presque si tu vois ce que je veux dire.
À la suite de toutes ces révélations, Fatine resta bouche bée. Sa mâchoire était comme engourdie ou presque paralysée. Elle se jeta au sol pour ouvrir son sac et attraper son portable. Et lui montre une photo.
-Qu'est-ce c'est ? Ou plutôt qui est-ce ? demanda Michael
-C'est une femme qui ressemble à Hélène mis à part ses cheveux roux et quelques années de moins. C'est frappant non !
-Attends une minute, dans mes souvenirs quand j'étais petit garçon, je vivais à Miami avec ma mère. Il y avait cette femme qui ressemblait à celle de la

photo. Mais j'ai du mal à me souvenir je ne distingue pas son visage mais il y a comme une familiarité.

-Ok ça va te revenir il te faut juste quelque chose pour déclencher les souvenirs oubliés. Un déclic, Une voix, une odeur un truc comme ça

-Ou as-tu trouvé cette photo. Tout à l'heure à l'entrée du manoir.

-Tu veux dire qu'elle serait tombée d'un sac. Car je jurerai qu'elle n'était pas là tout à l'heure.

Les deux compères arrivèrent devant le manoir. Ils ne savaient pas par où commencer mais une chose est sure, il mettra la main sur un indice qui éclaircira son investigation. Il avait toujours son carnet de notes pour écrire ses réflexions. Michael suggère de commencer par la bibliothèque c'est ici qu'ils ont aperçu Hélène. Son parfum flottait encore dans les hauts plafonds de la salle.

-Je connais ce parfum mais j'ai du mal a posé un nom dessus. En tout cas il sent bon il lui va parfaitement. dit Fatine

-Le parfum ! j'ai trouvé. C'est le même parfum que ma mère portait.

-C'est un bon début continu.

Fatine avança de rayon de rayon. Ses yeux parcouraient toutes les rangées d'un coup d'œil. Juste avant la dernière rangée, elle découvrit une, puis deux puis 3 planches de dessins plutôt assez mystérieux. Elle s'approcha de Michael et lui fit part de sa découverte.
-Qu'est-ce que c'est Michael ?
-Des dessins. Mais on dirait qu'ils sont très récents. En tout cas rien de comparable avec l'ensemble de bouquins poussiéreux. Comme s'ils ont été rapporté ici. Regarde de plus près il y a une inscription au bas du papier.
-Une signature peut-être ? Laisse-moi voir. Non ! je dirais plutôt des chiffres. Dit Fatine
-Ce n'est pas des chiffres quelconques. Je suis sûre que cela correspond à une date. Dans ta trousse espionne, tu ne possèderais pas une loupe ou un truc de ce genre.
-Hey, je suis détective mais pas Sherlock Holmes.
-C'est très énigmatique tout ceci. Tu es sure qu'il n'y a pas d'autres esquisses.

Michael et Fatine s'installèrent dans le coin d'une table. Ils observèrent le moindre petit détail figurant sur les 3 esquisses et qui pourraient les éclairer.
-Dis -moi il y a tout de même un truc qui me trouble.
-Vas-y je t'écoute Sherlock.
-Daniel est ton suspect n°1 il est sur le journal et bien détaillé. Alors pourquoi subitement notre Hélène serait potentiellement la coupable du meurtre de ta mère. Quelle serait son mobile. Oui pourquoi ? si toutefois elle serait bien Katherine.
Elle s'arrêta un instant puis elle reprend son interrogatoire tout en fronçant les sourcils.
-Tu m'avais caché ton talent de cinéaste. Comment as-tu réalisé cet exploit. Oui je sais tu es plein de qualité, un super pianiste, un bon athlète, un étonnant journaliste. Pour l'instant un peu endormi mais je te connais tu vas étinceler. Tu es plein de ressources mon ami. Mais là j'avoue tu as été un génie.
-Mais enfin de quoi tu parles ! quel exploit ?
-Et bien le spectre de ta mère ! que Natacha a vu avant notre arrivée au sous -sol.

Michael leva sa tête posa le dessin qui tenait en main sur la table. Et regarda Fatine longuement et déconcerté comme s'il tombait d'un immeuble de 150 étages. Il tira une chaise près de lui regarda à nouveau son amie et lui fit part de sa pensée.

-Fatine, je pensais que c'était ton œuvre, que tu voulais préparer un piège pour tester Daniel. Et que je ne sais par quel mystère c'est Natacha qui en a payé les frais.

-Et non ! je suis douée certes mais ce genre de scénario ne vient pas de moi.

-Mais qui alors ?

Fatine scruta à nouveau les esquisses et remarqua un petit détail qui leur avait échappé.

-Michael regarde plus attentivement les dessins il y a des indices. Enfin je le considère tel un indice. Tu vois ici sur la route cette personne qui se tient debout avec un chapeau, un manteau et à la main elle tient un objet. Tu le vois, regarde bien on dirait attend voir.

Michael penche la tête et examine le croquis

-Tu as raison Sherlock .je crois que cela ressemble à la statue de la liberté. Donc sur celui-ci, nous avons une route en rase campagne à priori, un personnage mais difficile à savoir si c'est une femme ou un homme, se tenant debout avec une statue de la liberté à la main.

L'enquête se poursuit sur les autres croquis, et tout s'éclaire avec d'autres indices. Sur la seconde esquisse on pouvait voir un flacon de médicament, des somnifères ou une drogue, aucune information sur le nom. A côté du petit flacon un petit verre avec une fumée verte et un mot était inscrit dessus :

JE REPRENDS CE QUI M'APPARTIENT

-Dit moi Michael, tu penses que ce personnage pourrait être Hélène. Et si la statue voulait nous faire comprendre la féminité. Une femme ! en plus elle est américaine, cela correspond à la statue.
-Elle est effectivement américaine mais je ne comprends pas pourquoi elle le cache. C'est évident, Daniel est New-yorkais. Il lui offre ce job, ils doivent se connaitre depuis longtemps et cette garce connaissait ma mère. C'est sûr. J'ai remarqué à plusieurs reprises sa sensibilité dès qu'un sujet concernait ma mère.
-Elle cachait bien son jeu, car Eléonore vivait à New-York il y a des années. Et toi aussi d'ailleurs petit américain. Haha ha !!!
Fatine engagea la conversation sur un autre sujet qui n'avais rien à voir avec l'enquête. Elle s'assoie

confortablement sur la chaise et invita son ami à la rejoindre.

-Tiens viens là et raconte-moi un peu ta relation avec Natacha.

-Mais enfin Fatine tu crois vraiment que ce soit le moment. Je te signal qu'on a une dernière planche à scruter.

-Oui je sais bien, on a réussi jusqu'à présent et on trouvera pour cette énigme aussi. Alors déballe ton sac

-Eh bien cela avance bien, le dernier rencard était génial. Si tu veux tout savoir, je l'ai emmené au resto, Nous avons diner. D'ailleurs en passant merci pour le petit italien. Un vrai délice.

-Tu m'étonnes bien sûr que c'est bon …ces petites ravioles miam une vraie tuerie.

-Tu veux la suite ou pas ! Alors ensuite, j'ai organisé une sortie sur la colline de Fourvière.

-Non tu as fait ça ! mais où est le romantisme là-dedans !!

-Tu vas arrêter tes commentaires et me laisser finir.

-Bon sang tu es grave ! Donc nous avons pris la ficelle pour monter au musée gallo-romain.

Fatine faisait la grimace en écoutant Michael et aussitôt posa sa main sur sa bouche en guise de l'empêcher de sortir des idioties. Tout en reprenant son discours.

-Elle était vraiment magnifique dans sa petite robe noire et ses hauts talons. Je me souviens qu'elle avait du mal à grimper les nombreuses marches. Une fois arrivé au sommet. Elle a retiré ses talons, la pauvre ses petits pieds ne ressemblaient plus à ceux d'une ballerine. Haha

Fatine était sous le charme de cette histoire. Et fait signe à Michael qu'elle commençait à manquer d'air à cause de sa main oubliée sur sa bouche. Il retira sa main et fait signe à Fatine de se taire en plaçant son index sur sa bouche et un clin d'œil. Fatine acquiesça d'un signe de la tête de haut en bas. Il continua donc à lui conter sa fabuleuse histoire. Ils avaient pris place sur les gradins de l'amphithéâtre, Ils avaient longtemps échangé sur des banalités et autres discours plus sérieux. Puis la nuit éclipsa le jour et de douces lumières tamisées rendaient l'ambiance plus chaleureuse, exaltée, un peu romantique, tout comme il imaginait. L'endroit était magique surtout le soir, avec tout le panoramique de toute la ville de Lyon.

Quatre rangées d'escaliers plus bas, se trouvait un musicien. Il parait que c'est un habitué du décor. Il jouait la musique de ''unforgetable ''de Nat King Cole. Michael prit la main de Natacha et l'entraina sur l'arène. Fatine sur le moment était subjuguée par son récit. Et elle ouvrit tout même sa bouche et dit.
-Non tu as osé, tu l'as invité à danser !
-Yep oui madame, on a dansé et dansé c'était comment disait déjà la chanson inoubliable.
Waouh ! Elle a fait ça Natacha !
-Heu tu m'expliques elle a fait quoi ?
-Elle est parvenue à te décoincer bouffon ! Mais tu es incroyable. Tu es fantastique et tu le sais en plus tu racontes si merveilleusement bien. Tu devrais continuer à écrire. Je veux dire un roman. Pas tes articles.
-Merci Sherlock mais qui dit que je n'écris pas et peut être même cette histoire que nous vivons. Tout ça, cette enquête et tout ce mystère …
-Excellent je suis plus que ravie pour toi car je sais que tu vas toucher du doigt ton rêve. Tu es en bonne voie. Et si tu écris comme tu racontes tes rendez-vous là c'est le bestseller assuré.

-Et bien merci beaucoup je suis très touché. Bon ce n'est pas tout mais j'ai une enquête à boucler.
Il lui fit aussitôt remarquer qu'il devait récupérer le manteau et le sac d'Hélène. Il se trouvait à l'entrée dans le bureau ou plutôt ce qu'on pourrait considérer de remise actuellement pendant le temps des travaux. Ils se précipitèrent à grand pas dans le large couloir de la bibliothèque et franchir le grand vestibule, une entrée impressionnante et même époustouflante, grandiose digne d'un hôtel de luxe avec un gigantesque lustre réhaussés de millier de pierres en cristal. Ils arrivèrent au seuil de la porte, poussèrent la porte, il attrapa le manteau et se saisit du sac, une folle pensée effleura son esprit et ouvrit le sac. Tout d'un coup la voix de Fatine s'éleva.
-Michael, enfin tu fais quoi là.
-Oui, je sais ce n'est pas bien de fouiller dans les sacs des autres mais je t'assure que cette femme nous cache un truc.
-Non ce que je voulais dire, c'est un sac de femme, de plus très chic donc ne saute pas dessus comme un taureau enragé. Tiens laisse-moi faire. Elle pourrait bien soupçonner cette maladresse.

Elle prit le sac et s'engagea à fouiller le contenu avec délicatesse. Ben dit donc, il est important son trousseau de clé. Il y a un sacré jeu de clés là-dedans. Un conseil tu devrais te faire un double. Il y a peut-être son sweet-home à Paris et va savoir un autre à New York. Voici ce que tu désires son portefeuille.
-Ouvre -le vite !!! Ho puis donne-le-moi. Grogna Michael.
Il s'empara du portefeuille son cœur battait très vite, va-t-il enfin connaitre la vraie identité de cette femme ? Il n'en revenait pas, il avait mis la main sur une vieille photo. Sur celle -ci on pouvait voir Eléonore sa mère, Hélene et lui-même quand il avait 5 ans. Respire Michael respire se disait -t-il en lisant sa carte d'identité officiel. Il prend immédiatement une photo avec son téléphone.

    Katherine Hélène Romano

-Bingo !! c'est elle la meilleure amie de ma mère. Katherine romano alias Hélène. Vite partons d'ici.

Quelques minutes plus tard, ils grimpèrent dans sa Mercedes noire. La pluie avait cessé mais la route était bien trempée. Sa seule envie était d'étrangler

miss Hélène pour tous ses mensonges, sa trahison et son manque de respect. Mais avant tout il devait avoir une conversation avec Daniel et que cette fois ci. C'est lui qui devra écouter. Il était tellement en colère qu'il a dû s'arrêter sur la route pour reprendre ses esprits. Et du coup il révisa ses intentions.
-Ecoute attentivement Fatine, je vais devoir m'absenter maintenant que nous savons qui elle est. Je monte à Paris, je suis sûre que ce trousseau de clé se compose de tous ses appartements paris New-York et que sais-je encore. Je vais me procurer un double de ce jeu. Donc tu rentres seule, si on te pose des questions nous n'étions pas ensemble, toi tu n'es pas rentrée directement, tu avais une course à faire Bla Bla. Depuis tu ne m'as pas revue ok. Je reviens très vite. Heu, un détail sourit. N'oublie jamais, cette femme est un renard. Ne laisse rien paraitre et pour la dernière esquisse envoie moi tes idées ok.
-C'est une abeille et du beurre de cacahuète.
-Je te demande pardon ?
-La dernière esquisse, c'est une abeille et à coté il y a un pot de beurre de cacahuète.
-Cela n'a aucun sens. Creuse dessus élucide ce mystère ok.

-Je vais faire de mon mieux.

Il fit un demi-tour sur l'impasse Albert, Tout en saluant de la main la petite mamie du gérant du bar, souriante tirant son petit chariot rouge de courses, il arrivait tout de même à dissimuler la rage qui monta en lui. Il traversa l'avenue Jean Jaurès et emprunta la passerelle ou coule une petite rivière. Malgré la rue déserte quelques passants cachés sous des parapluies noirs défilaient sur le trottoir. Un feu rouge marqua l'arrêt et il commença à taper du poing contre le volant. Son esprit divaguait, il délirait totalement sur les personnages Daniel et Hélène complotant pour tuer sa mère. Il fut tellement plongé dans un monde noir qu'il sursauta au coup de klaxon venant du véhicule derrière lui. Il reprend enfin ses esprits et se gara près du serrurier. Il sortit de sa voiture. Poussa la porte vitrée du magasin. Devant lui un homme plutôt âgé l'accueil et prend son jeu de clé, il s'avança plus près du comptoir.

-Bonsoir Michael que puis-je faire pour vous.

-Je veux un double de ce jeu de clé impérativement de suite.

-Ha ! oui mais certaine clé c'est bien plus long et même à commander.

-Non ! vous ne comprenez pas il me faut ces clés maintenant. Je pars en voyage ce soir.
-j'ai bien saisi mais ces quatre clés sont à commander. Il faut bien 24 h00.
Mickael fait la grimace et tapa des doigts sur le comptoir pour réfléchir. Entre temps le serrurier courtois et bon commerçant disparait derrière un rideau gris surement un mini entrepôt à l'arrière de sa boutique. Quelques minutes plus tard, il réapparait sourire aux lèvres, à ses bras une caisse de clés.
-Vous êtes sacrément chanceux, car je pense que vous allez repartir avec toutes vos clés.
-Ha ! merci ! vraiment c'est génial.
-Je suis très curieux mais dites-moi ces trois clés ne sont pas françaises. J'ai déjà vu ça quelques parts mais je me souviens plus c'était il y a des années. Il fouilla quelques ébauches sur son établi et se rappela un détail. D'ailleurs ce n'était pas moi qui aie reçu la cliente mais mon fils. Et c'est les mêmes clés, ils viennent des états unis et précisément New-York. Eh oui la femme en question habitait New-York si j'ai bonne mémoire.

Le vieux taillait les clés tout en discutant avec Mickael, et lui posa la question fatidique que Mickael redoutait tant.

-Vous partez à New-York Michael ?

Michael se grattant la gorge lui répondit négativement en signe de tête.

-Ho ! comme il y a plus de clés en partance de cette ville mythique j'ai pensé que votre voyage du soir était un vol direction New-York.

-Oui je comprends, c'est un ami du journal qui comme vous dites s'envole pour New-York. Il est américain.

-Tout comme vous Michael. Vous savez vous n'avez plus du tout l'accent américain, mais à votre arrivée il y a des années vous parliez qu'américain.

-En effet, dites -moi connaissiez-vous bien ma mère ?

-He bien, nous n'étions pas très liés mais j'appréciais énormément Eléonore. Une femme sublime et merveilleuse.

Michael sorti de sa poche son portable et lui montre une photo. Le vieux repositionna ses lunettes sur son nez et regarda la photo attentivement.

-Une vieille photo que vous avez ici, et c'est vous là petit. Oui c'est elle la voilà.

-Qui donc ?
-La femme en question dont je vous parlais celle des clés. C'est la rousse.
-Vous êtes sûre de vous ?
-Mais oui absolument. Même qu'elle avait aussi une très jolie petite fille. C'était un ange. Et plus rien je n'ai plus jamais revue la dame en question.
-Pardon mais il me semble que vous avez dit tout à l'heure que c'est votre fils qui s'était occupé de l'américaine.
-Oui c'est exact je ne l'ai pas servi, mais je l'ai vu une fois sorti dehors, de ma vitrine je l'ai vu.
Michael le remercia pour les informations précieuses. Il quitta le magasin et regagna sa voiture en direction la maison. Quelques instants plus tard, il frappa à la porte d'Hélène, cette dernière lui ouvrit la porte. Il ne s'éternisa pas avec elle, il lui tend son manteau et son sac. Il ne fit rien paraitre de suspicieux puis remonta chez lui. Sa seule envie fut de l'étrangler mais il se calma très vite. La journée fut prolifique avec ces dernières trouvailles. Les esquisses semblaient lui apporter beaucoup d'indices sur sa mission à découvrir la vérité ainsi qu'une bonne matière à travailler sur le suspect de mis Hélene.

Il était la devant l'ascenseur à hésiter s'il devait voir Daniel ou pas. Était-il vraiment coupable ou quelque chose lui échappait encore. Car il était partagé sur la culpabilité de Daniel. Il se sent coupable d'avoir autorisé son esprit à le voir ainsi tel un monstre. Devait -il croire le journal faire confiance à sa mère. Le journal était pourtant écrit par sa mère. Il savait qu'il y avait anguille sous roche mais quelle était son erreur. A-t-il raté un indice. Il se décida à la dernière minute de rejoindre l'appartement de Daniel. Il crut reconnaitre la voix de Natacha donnant le change à Daniel. « Trouve quelque chose et vite ! » Dit Daniel à Natacha Michael fit un pas devant la porte tout en poussant celle-ci et demanda avec curiosité.
-Trouver quoi Natacha ?
-Ha ! Michael tu tombes bien je disais justement à ton amie que l'idée de cette école de danse est une merveilleuse idée pour cette ville. D'autant plus que nous avons parmi nous la chance d'avoir la meilleure. J'ai de très bon retour.
Michael acquiesça un sourire. Puis il les salua il devait à tout prix quitter Lyon ce soir. Il prit les escaliers et regagna son appartement rapidement car il a un voyage à organiser. Devant sa porte les yeux

écarquillés et fixés sur le sol, une autre esquisse accompagnée d'une carte. Il regarda autour de lui avança vers sa porte et ramassa les papiers. Il ouvrit la porte, ferma celle-ci d'un lancer de pied et se posa sur son canapé. La première idée fut que Fatine lui redonna les esquisses mais ils se rendit très vite que c'était une nouvelle esquisse. Il jeta un coup d'œil. Trois personnes, deux femmes un homme. Sur la petite carte était inscrit. ''sauve -moi''. Il était complètement déconcerté. Il se saisit de son bloc note commença à gribouiller quelques notes. Qui est cette personne ? C'est impossible que ce soit Hélène. Et si c'était Daniel lui seul connaissait toute l'histoire. Non c'est bien tordu, mais cela lui ressemble bien. Et puis non, puisqu'il est trempé dans l'histoire jusqu'au coup. Il donna un coup de crayon, les deux noms Hélène suivi de Daniel furent rayés. Natacha ? me voilà absurde se disait -il quel serait le mobile tout en se convaincant qu'il faisait erreur. Et puis même la sauver de quoi ; Elle m'en aurait parlé. Elle adorait ma mère, en fait tout ce beau monde aimait ma mère. Il reste Fatine et Kélian …non puisque c'est ma mère qui a fait appel à eux. Grrr je deviens fou. Les pensées s'envolèrent dans le silence mais le stylo ne décollait

plus de la feuille. Et d'un geste nerveux s'exprima avec férocité. Tout ce qu'il espérait c'est que Natacha ne s'était pas confrontée à Daniel. C'était pas du tout étonnant de voir Natacha en compagnie de Daniel. Mais ce soir, c'était un peu trop risqué. Et surtout maintenant qu'elle connaisse la vérité.
Merde merde et merde !!!
Il monta dans sa chambre pris aussitôt un sac dans la penderie lança quelques affaires à l'intérieur. Il examina son téléphone, un billet très vite enregistré, payé avec sa carte bancaire, le voilà prêt. Il se pressa de quitter l'immeuble quand une voie cria son nom. Il se retourna, la petite danseuse nerveuse dissimulait son inquiétude. Natacha dévala les escaliers et se dressa face à lui.
-Mickael ! où vas-tu comme ça en pleine nuit ? Tu pars en voyage.
-Euh …Oui j'ai un reportage à Grenoble. Il vient de tomber à l'instant.
-Tu pars sans me le dire !
-Je pensais t'appeler une fois dans le train. Je suis très en retard.
-Le train pourquoi ? tu ne prends pas ta voiture.

-J'ai des notes à préparer et il me serait difficile d'écrire tout en conduisant.

Tout en regardant Natacha, les mots flottaient dans son esprit, il n'arrivait pas à retransmettre ce qu'il ressentait en parole. Il écrit des textes toute la journée mais impossible de parler d'amour à haute voix. Il l'embrassa fougueusement. Le corps de Natacha se blottit tendrement contre le torse fraichement parfumé de Michael. Il s'en alla, Il fit à peine deux mètres puis il se retourna.

-Natacha tout va bien n'est-ce pas ? Tu as peut-être envie de me parler.

-Tout va bien. Dépêche -toi ton train t'attend.

Chapitre 6

La découverte

« L'art c'est le beau fait par l'homme »

Diane de beausaq

Un fois arrivé à la gare de la Part-dieu, Michael traversa le hall, se planta devant le grand panneau surmonté de la mention départ. Il balaya d'un seul regard les destinations. Autour de lui il y avait foule au guichet d'informations, des voyageurs perdus, ceux qui demandaient les horaires des trains. Il se dirigea vers son quai, il se muni de son billet retiré du distributeur. Voyager léger est parfois synonyme de chance car nuit ou jour la gare grouille de visiteurs le chemin fut cours mais étudié. Agrippé a son sac , il se faufila entre le touriste noyé dans son journal, contourna les malheureuses valises couchées au sol et les chariots abandonnés par les voyageurs pressés, il avait pris le trajet des plus court et sans heurte .Il accéda enfin aux portes d'accès sur les quais et monta les escaliers qui menèrent sur les voix des trains .La chance l'accompagnait ,le train est en station au quai et prêt à partir .Il enjambe la petite marche et s'installe confortablement sans oublier de saluer les occupants des sièges à coté .Le billet à sa portée, cahier de notes sur la table et stylo en main .Bien organisé, il se mit aussitôt au travail . Il lista quelques noms sur sa page blanche et se mordit les lèvres en réalisant que le nom de Natacha figurait à nouveau sur sa liste. Mais une chose était sûre dans son esprit et son cœur. Il était follement amoureux d'elle. Il avait deux heures devant lui pour clarifier les doutes sur les personnages. Comme par exemple qui lui a posé l'esquisse devant sa porte. Dans son esprit c'était à la fois angoissant et flatteur à la fois. Il regarda par la fenêtre, les voyageurs défilèrent devant ses yeux, l'agitation est à son paroxysme. Une fois les derniers passagers dans le train. Enfin, le train commença sa sortie de la gare. Le train prit de la vitesse et le paysage se transforma à toute allure. Du béton sous toutes ses nuances de gris à la campagne blanche et l'agitation folle disparait et le calme fit son apparition.

Michael observa longuement le tableau des champs nus et gelés quand soudainement une apparition secoua son esprit la silhouette de Natacha à travers la vitre. Il tourna la tête et Natacha était bien présente, debout face à lui sur le petit couloir étroit du wagon. Il se sentit à la fois minable et perturbé car il lui avait menti sur la raison de son départ et la destination mais aussi si heureux.
-Il fallait que je te voie Michael. Cela ne pouvait pas attendre ton retour. Il a fallu que je ruse pour soutirer des informations à Fatine sur ton voyage.
Michael n'en revenait pas de la facilité de Natacha pour contrôler Fatine.
-Eh bien tout s'explique alors. Juste un détail pourquoi Fatine ?
-Je vous ai vu ensemble en voiture après le manoir. Vous me sembliez très complice. J'étais au café à attendre tranquillement ton retour puis je suis passée voir Daniel.
L'instant d'après la panique emporta Michael. Comment lui expliquer son voyage et comment va-t-il procéder à l'enquête avec Natacha dans ses bras. Simuler un voyage romantique à Paris en alliant travail et plaisir. C'est loin d'être gagné.

Non, elle méritait mieux. Continuer à mentir risquerait de compromettre sa nouvelle relation sérieuse avec Natation. Il se heurtait à un dilemme.
-Approche et prend place. Je ne vais pas te jeter par la fenêtre ! Mais rassure -moi tu n'as rien révélé à Daniel.
-Non
Michael rassembla très vite tous ses papiers et les rangea dans sa besace en cuir.
-Dis-moi, Natacha, as-tu souvent ce comportement compulsif ?
-C'est à dire ?
-Suivre les gens jusque-au bout du monde.
-Et toi, je ne te savais pas si bon menteur.
-Touché
Natacha fut très gênée par cette remarque et le fixa comme si elle voulait lui communiquer une chose grave. Il prit son visage entre ses mains, il lui écarta la regarda droit dans les yeux.
-Qui a-t-il ? je commence à m'inquiéter tu as le visage une mèche rebelle de ses cheveux sur son visage. Et si grave. Encore une fois qu'est-ce qui te fais peur Natacha. Ecoute moi bien, je peux t'aider et je ne suis pas en colère. Alors je vais te poser une

question et tu vas être honnête avec moi. On va tout se dire ok. C'est très important. Les esquisses viennent de toi n'est-ce pas ?
Elle hocha la tête.
-Oui
-Mais pourquoi ce jeu de piste aide moi à comprendre Natacha.
Elle essuya ses larmes qu'elle ne put contrôler. Et commença son discours.
-Tout d'abord, sache que tu tiens une place importante dans ma vie. Je ne veux pas te mentir ou dissimuler des choses, ne m'interrompe surtout pas sinon je vais plus avoir le courage de tout raconter
-Très bien, je serais attentif. Après tout nous avons 2h devant nous. Je ne risque pas de fuir.
-Alors voilà, tout a commencé il y a près de deux mois à l'hôpital avec Eléonore. Nous n'étions pas dans le même service mais pas loin. Eléonore, malgré ses douleurs atroces possédait une force mentale incroyable et parfois se confiait à moi, une fois la morphine bien offerte à son corps endolori après ses nombreux supplices. Elle me racontait des histoires qu'elle n'avait jamais avoué à quiconque sauf a une danseuse estropiée comme moi. Mais aujourd'hui

après le manoir, tu te souviens j'étais choquée même apeurée de lire ses horreurs. Le plus troublant ce fut un véritable choc quand je suis rentrée, la mémoire à refait surface et j'entendis encore dans ma tête clairement comme si je revivais à nouveau cette conversation toutes ses paroles remontaient en surface. Je pouvais même sentir l'odeur pharmaceutique qui émanait de la pièce. Le journal ne relatait pas du tout la vie qu'elle menait avec Daniel loin de là. Certains passages qu'elle racontait surtout celui avec Daniel dans la voiture et autres âneries grossièrement misent en scène le concernant. C'est comme si … Ce journal était une farce, un mensonge un truc de ce genre.

-Waouh, je reste bouche bée mais qu'est ce qui fait croire que sa relation avec Daniel était sans nuage.

-Juste avant l'accident elle avait organisé une journée pour se marier incognito avec Daniel. Elle voulait ta présence même te convier à être son témoin. C'est du moins ce qu'elle m'avait confié au départ. Et quelques jours plus-tard, son raisonnement avait changé. Elle a préféré s'abstenir de te faire cette demande, en somme se cacher pour se marier. Hélène devait tout manigancer

-C'est incroyable ce que tu me racontes là. Ma mère et Daniel.
-Michael, tu as vraiment vécu dans une bulle toi. Pourquoi tu n'es pas venue m'en parler plus tôt ?
-Je le voulais, je t'assure. Mais je n'étais pas sûre de mes souvenirs. Avec ce journal, tout est devenu confus. Surtout depuis l'arrivée d'Hélène, la meilleure amie de ta mère Michael ! Je pense que Hélène manipulait Eléonore.
Natacha souffla quelques secondes et ferma les yeux
-Michael, Hélène était déjà présente à Lyon la veille de l'accident.
-Ecoute Natacha, Je suis vraiment désolé de tout ce que tu as pu voir ou entendre. Toutes ces longues semaines à garder tous ces secrets et manigances au silence. Tu aurais dû me parler.
-Oui c'est vrai mais lors de mon arrivée il y a quelques semaine ta bonne entente avec Hélène voire même votre complicité m'a retenu. Je croyais vraiment que tu savais tout. Jusqu'a tout à l'heure dans la voiture quand tu as posé de drôles de questions à Hélène. Et j'ai compris.
-Je suis un vrai idiot, je comprends tout maintenant. Ta terreur, ta nervosité. Parle-moi des croquis, je n'ai

pas tout saisi. Le premier est une silhouette sur la route, le second des médocs la note « je reprends ce qui m'appartient ». Un autre avec du beurre de cacahouète. J'en ai même oublié le dernier franchement ? Aide-moi c'est toi oui c'est toi Tu es l'auteure de ses dessins tu peux m'aider à voir plus clair.

-Oh mon dieu, Michael tu n'as pas saisi les premières esquisses. C'est ma faute pardon ! quelle idée ces dessins aussi. Appelle Fatine, et il ne faut pas qu'elle quitte des yeux Daniel. Ecoute moi, elle va essayer de l'empoisonner avec des cacahuètes ou avec une piqure.

-Quoi ? Natacha c'est de la folie

-Il y a 2 jours, j'ai vu Hélene avec du beurre de cacahouète et un échantillon de seringues.

-Il est allergique à l'arachide juste un peu et il en meurt.

-Mais pourquoi ?

-C'est évident Michael, elle est amoureuse de lui depuis sa jeunesse.

-C'est la raison pour laquelle elle a tué ma mère. Pour lui laisser le champ libre. Le mobile était la jalousie se répéta-t-il.

Michael tremblait, se leva et composa le numéro de Fatine. La ligne était occupée. Il grogna, fit les cent pas dans le couloir sans même sans rendre compte, Il se retrouva dans l'espace à bagages. Il composa à nouveau mais rien. Natacha vint le rejoindre en respirant très fort lui tendant le téléphone.
-Fatine vite répond.
-Allo Fatine j'ai essayé de te joindre. Va voir Daniel et use de ton intelligence pour l'éloigner de Hélène. C'est Katherine Romano. Il est sa cible.
A l'autre bout du fil Fatine, l'informait que Daniel était à Paris.
-Je te demande pardon mais c'est impossible.

Dans la conversation, Elle l'informa que celui-ci tenait à la main un billet d'avion pour un vol en destination de Paris. Elle a croisé Daniel dans le garage bien pressé de partir. Elle ne connaissait pas la date de son retour. Elle lui rapporta seulement que ce dernier a essayé de le joindre mais il tombait sans cesse sur la messagerie. Un grognement puissant sorti des lèvres tremblantes de Michael. Puis il raccrocha. Il était en pétard. Pour la première fois son inquiétude fut immense.

Tard dans la gare de Lyon,
Le train montra le bout de son nez dans le dernier tournant à quelques mètres de la gare de Lyon, les voyageurs de concert rangèrent, livres, journaux, consoles, chacun d'eux se revêtirent pour affronter le froid de l'extérieur. Les passagers voyageant léger se précipitèrent vers les portes de sorties pour un gain de temps, les autres patientèrent tranquillement au fond de leurs sièges le train à l'arrêt afin d'éviter toutes bousculades. La centrale était bondée, un trafic colossal, les deux compères accélérèrent la cadence des pas afin d'échapper aux bruits cacophoniques et à la cohue dans cette grande arène. En l'espace de quelques minutes une migraine lancinante irradiait dans les tempes de Michael il tenta un autre appel pour joindre Daniel Mais sans réponse.
Il fallait vite sortir de cet enfer turbulent. La gare était bien entendue l'une des plus belle à Paris, une vieille bâtisse exceptionnelle avec l'immense haute tour-horloge culminante de 63 mètres au-dessus de la

grande place Louis Armand, certains voyageurs aimaient à se reposer sur ses bancs dans l'attente de l'approche de leurs trains. Ils pouvaient admirer les majestueuses statues qui trônaient du haut des façades et dominaient en maitre pour le plaisir des yeux de milliers de touristes. Devant les grandes baies vitrées, sur le bitume trempé, les immeubles de Paris s'élevaient en maitre.

Michael et Natacha se frayèrent un chemin, traversèrent la grande place et filèrent sur la grande rue. Le souffle vif et piquant du vent balayait les visages des deux amis. Levant le bras, Michael héla un taxi, ils grimpèrent dedans. Ils prirent conscience des klaxons si nombreux et si assourdissants que même un mort ne se reposerait pas. L'univers ronflant si particulier de la ville semblait brusquement leur éclater les oreilles. Un monde agité typique de l'ébullition de la ville de paris. Michael commanda au chauffeur de les déposer au cœur de la ville donnant une adresse sur un papier blanc. Natacha se blottit confortablement contre l'épaule puissante de Michael, leurs cœurs battaient à l'unisson. Il ressentait cette bizarre sensation comme un bonheur encore jamais expérimenté, un sentiment gonflé d'amour, un amour pur et simple. Il était heureux. De son côté, Natacha vit son visage se crisper et changer de couleur à la vue

des immondices accumulées sur le bord du périphérique de la ville. Les odeurs d humidités remontaient, c'était un moment de répugnance. Quelques kilomètres plus loin, Michael brusquement remarqua un quartier et pria le chauffeur de s'arrêter. La voiture pila et s'immobilisa immédiatement. Il paya la course, le conducteur lui indiqua tout de même de suivre une direction. « Longer tout droit au croisement tourner à la première à gauche puis seconde à gauche. Il insista pour les déposer plus près mais Michael refusa, il avait voulu prendre l'air pour dissiper son mal de crane. Ils quittèrent le taxi. Il trépignait d'impatience, il voulait à tout prix découvrir ce que cachait miss Hélène ou peu importe le nom qu'elle utilisait. Pour lui, elle restera une criminelle.
Il essaya en vain de contacter Daniel sans aucun résultat. Il commençait vraiment à s'inquiéter. Et si Natacha se trompait ? Hélène serait -elle vraiment capable d'un double homicide ?

Il prit la main de Natacha, ils suivirent les directives du taxi. Ils empruntèrent précisément les chemins éclairés par les allogènes du quartier. Natacha sentait la fatigue l'immerger, elle ne se plaignit point. Elle se savait résistante. Elle a appris à gérer sa fatigue lors de ses spectacles de danses. La pluie n'arrangeait pas du tout leur petite promenade de nuit. Ils étaient trempés jusqu'aux os. Michael s'arrêta et observa autour de lui, il cherchait l'immeuble numéro 22. Natacha sans poser de question lui indiqua l'immeuble en pointant l'index face à eux. Michael était bien gentil de ne pas l'avoir poussée dans un train retour pour Lyon. Elle se savait parfois très discrète et s'effacer sur certaines occasions mais elle se révèle utile surtout futée. En fait ils se complétaient. Quelques minutes plus tard, ils se retrouvèrent au sec, dans un ascenseur. Michael appuya au second étage, il se senti un peu à l'étroit. C'était un vieux model comme l'ensemble de la propriété. Il poussa la porte, et chercha dans un long couloir l'appartement 5B. L'appartement se trouvait au fond du couloir, l'étage était composé de 3 logements. Toujours sous un silence cérémonieux, il fouilla son sac. Il sortit le fameux trousseau de clés sous les yeux abasourdies de Natacha toujours la bouche bien fermée. Il enfila des gants noirs, il se tourna vers Natacha lui proposa d'enfiler une paire aussi. Il essaya toutes les clés les unes après les autres, pas une seule clé ne se mariait à la serrure. Un trousseau de clé bien lourd malgré le tri effectué. Comment trouver la bonne clé dans ce tas de ferraille

-A coup sûr je vais pointer toutes les clés et se sera le dernier, cri a-t-il dans son stresse.

Natacha inquiète du petit raffut déclenché par Michael. Elle proposa de tenter à son tour. Elle observa minutieusement toutes les clés. Une seule clé attira son attention et glissa la clé dans la grosse serrure. En deux temps trois mouvements la porte s'ouvrit. Ils soufflèrent tous deux, signes d'être heureux de ne pas se retrouver bredouille comme des voleurs manquants leur mission. Ils jetèrent un coup d'œil dans le couloir ni vu ni connu pénétrèrent à l'intérieur. Une fois la porte fermée, Ils étaient face à l'obscurité. A tâtons Ils avancèrent la main posée contre le mur dans l'espoir de trouver un interrupteur. Il pose sa main sur le mur afin de trouver un interrupteur ce qu'il trouva immédiatement. Une chance que le courant fût opérationnel pour un appart ou la locataire supposée était installée à Lyon marmonna Michael. La seconde minute d'après la lumière fut coupée littéralement. Ils cherchèrent le disjoncteur, une minute plus tard toujours pas de disjoncteur. Natacha trouva des bougies dans la cuisine et les alluma avec un vieux briquet posé sur le plan de travail.

-Ou as-tu trouvé ses bougies ? demanda Michael avec étonnement
-Dans le premier tiroir que j'ai tiré dans la cuisine.
-Ho ! ok !
Face à sa curiosité Natacha posa tout de même des questions
-Où somme nous ? Qui habite ici Michael ?
Michael lui répondit sans ménagements.
-Je te présente l'appartement d'Hélène ou la psychopathe de service. Comme tu es mon invitée surprise je te propose de choisir les pièces que tu vas fouiller afin de m'aider à trouver quelques choses.
-Quelles genres de choses
-Ce qui sort de l'ordinaire, franchement n'importe quoi qui serait utile pour coincer cette folle et l'enfermer pour toujours.
Chacun d'eux une bougie à la main, se dispersèrent dans cet appartement, seul leurs pas faisaient écho. Ils cherchèrent le petit moindre indice. Michael en rage fouilla tous les tiroirs de la chambre, dans le grincement d'un tiroir, il crut se saisir d'une chance en trouvant un vieux calpin, celui-ci visiblement à son mécontentement fut vide. Il souleva énergiquement le matelas, il se hissa même sous le lit afin de

contrôler les lattes en bois. Il avait vu cette action dans une série policière. Dans le coin de la chambre, une porte était dissimulée, derrière un voilage blanc de la même nuance que les murs de la chambre. Il saisit la poignée et pénétra à l'intérieur, c'était un petit dressing bien rangé comme tout le reste de l'appartement. Il reconnaissait bien Hélène et sa manie de tout ordonner un peu comme lui. Mais il chassa vite cette remarque lui donnant vite la nausée. Devant lui, pendaient des tailleurs, chemises et autres tenues. Mais un carton était placé derrière un tas de bricoles sans importance. Il ouvrit le carton bien décidé à connaitre son contenu. A l'intérieur, une carte d'invitation de mariage. Le nom de sa mère était rayé et remplacé par le sien, il mit la main sur un petit sachet rouge en velours avec une petite ficelle bien nouée. A l'intérieur, il reconnut le bracelet de sa mère. Elle le portait le jour de son accident, il garda le bijou dans son étui et le glissa dans sa poche. Il passa au crible toute la pièce. De son coté, Natacha s'engagea dans la cuisine, l'éclatement des orages la fit sursauter en poussant un léger cri tout en rassurant Michael elle lui lançait un "tout va bien ". Elle poursuivit sa quête, tiroirs sens dessus dessous, elle

éplucha certains documents mais rien d'importants justes quelques tickets de pressing. Elle leva la tête, et se mit à se parler avec elle -même tout bas « trouve ce truc, où caches-tu tes horreurs Hélène ? » Elle passa la main à l'intérieur des fonds des tiroirs puis ses doigts accrochèrent un petit paquet en plastique. Il était soigneusement enveloppé, elle se mordit les lèvres s'adossa contre un mur à côté d'un frigo, elle entendit les pas de Michael et rapidement glissa le paquet sous son pull. Michael montra sa tête dépitée et avec agacement demanda :
-As-tu quelques choses ?
-D'un signe de tête. Elle répondu non naturellement.
Elle se sentit coupable de mentir pour quelle raison avait-elle de dissimuler une preuve ? Qu'avait-elle à cacher ? Elle reprit sa respiration s'excusa puis se dirigea vers la salle de bain. Elle referma anxieusement la porte prit son smartphone et envoya un texto en tapant très vite « J'ai trouvé ce que nous cherchons ». Quelques secondes plus tard un retour de texto lui est parvenu « Bien, tu sais quoi faire à présent ». L'instant d'après elle entendit crier son nom.
-Qui a-t-il Michael ?

-Regarde-moi ce bijou, C'est elle ! c'est avec cet appareil qu'elle a réussi à te faire peur avec le fantôme de ma mère dans le manoir. Je commence à saisir la mécanique mais il ne vient pas de cet appareil nous sommes d'accord. c'est peut-être le même principe opératoire mais avec un autre que celui-ci. Car il lui est impossible de venir ici et être à Lyon.
-Je suis d'accord avec toi affirma Michael mais supposons qu'elle ait prise un avion c'est l'histoire de 45 minutes. Pour regagner Paris. Elle aurait pu arriver bien avant nous.
Ils prirent quelques minutes dans le salon et leurs corps se hissèrent lentement contre le mur pour échouer sur le plancher en bois. Ils étaient extenués on pouvait entendre le craquement des os de Natacha. Malgré la fatigue, il insista sur une question concernant Hélène.
-Dit Natacha, que sais-tu d'autre sur elle, elle a peut-être mentionné sa vie à Paris. Ou plutôt son passage éclair. Il n'y a pas grand-chose ici, l'appart est pratiquement vide, aucune vie c'est surtout un lieu de transit je crois. Tu en dis quoi ?

-Plus grand-chose. Lui répondit-elle. Mis à part qu'on soit assis sur son sol et elle peut débarquer à tout moment.

-Tu vois Il y a peu de temps, j'aurai dit le monde est merveilleux ouvrez les yeux autour de vous.

Il rêvait de parcourir le monde crayon à la main décrire ligne après ligne tout ce qu'il voyait et vivait afin d'envoyer des lettres à sa mère. Des lettres que Eléonore aurait pu lire ainsi se réjouir pour lui. Depuis petit garçon, il trouvait toujours du réconfort ou même apaiser ses paniques nocturnes, ses faiblesses, toutes ses peurs au côté de son héros imaginaire. C'est grâce à cet univers que naquit son gout à l'écriture. Son rêve était d'écrire de fabuleuses histoires, devenir un écrivain.

Michael étouffa un bâillement mais n'abandonna point. Il se ressaisit et balaya la pièce d'un regard. Il se bloqua sur le mur opposé. Un tableau titilla sa curiosité. Il s'approcha, observa la réplique de Monet, La Gare Saint-Lazare, Hélène avait la même représentation chez elle dans son immeuble à Lyon. Il le toucha, le scruta et demanda à Natacha de l'aider à le décrocher du mur. Une fois le tableau au sol, il passa sa main et remarqua que sous la toile se cachait un objet. Il chercha un couteau et entailla délicatement le rebord du tableau sans pour autant

l'altérer. Et à ce moment précis l'étonnement devant leurs yeux joyeux, il prit un livre poussiéreux ou plutôt un journal rouge à l'identique de celui trouvé dans le manoir.
Natacha murmura "c'est impossible "
-Michael as -tu en possession ton journal ?
-Dans mon sac oui.
Par sureté il se hâta de vérifier nerveusement son sac et respira un coup à la vue du journal rouge dans ses mains.
- Il y a eu un second journal, ouvre -le Michael.
-Je n'ai pas la clé.
-Enfin ils sont similaires n'y a pas de raison que ta clé ne l'ouvre pas. Alors essaye.
Michael hésitant se jeta dessus poussa la clé dedans. Miraculeusement les feuilles tout le contenu resta intact. Pas de tache d'encre ruinant le manuscrit.
-Bien joué Natacha. Allez jetons un œil dedans.
Il parcourut quelques lignes rapidement et surpris ferma le journal puis à nouveaux l'ouvrit. Il continua sa lecture.
-C'est totalement impossible que diable est-ce cette affaire encore.
La confusion régnait dans son esprit.

-Que veux -tu dire ?
-Ce journal est un autre journal de ma mère, elle détaille son accident mais contre toute attente. Une autre version de l'accident, rien de comparable c'est ignoble, et je suis en plein brouillard dans cette histoire. Je ne te conseille pas de le lire c'est bien plus triste que le précédent mais dans celui-ci, Daniel est innocenté et c'est Katherine la coupable. Où est la vérité bon sang. Quel est la véracité de ce journal !
-Reconnais-tu l'écriture de Eléonore ou pas ?
-Ben, sans hésitation je dirai oui pour celui trouvé dans le tableau. Il vérifia à nouveau, oui c'est bien son écriture. Et bien plus encore, il y a un indice qui prouve bien son authenticité. C'est bon je tiens ma preuve, Elle est cuite.
-Quoi donc ?
-Ma mère avait un précieux coquillage, c'est moi qui lui avais offert quand j'étais enfant. Elle a conservé toutes ses années cette babiole trouvé sur une plage de Miami. Lorsqu'elle a débuté dans la peinture, elle commença à signer ses premières toiles avec son nom puis elle ajoutait ce coquillage en guise de tampon. D'ailleurs je l'ai récupéré dans le tiroir de la table de nuit de l'hôpital. Ce qui prouve bien que c'est bien

son journal. Hélène ne pouvait pas savoir. De plus j'ai trouvé un bijou de valeur dans ses affaires tout à l'heure. Et dans le journal que tu m'as remis aucune trace de coquillage. C'est bien que Hélène nous ait manipulé.
-Mais que dit-elle sur Daniel ! était-il dans la voiture ?
-Non, c'était Hélène qui conduisait, elle a lâchement laissé ma mère blessée. Elle a drogué ma mère à son insu.
-Continu de lire ...

En fait, elle a simulé un problème mécanique dans la voiture. Elle était supposée marcher quelques mètres pour atteindre la prochaine borne pour un dépannage.
-Et qu'a-t-elle fait ? Comment Eléonore s'est retrouvé hors de la route
-Katherine a appelé de son téléphone ma mère. Elle a convaincu ma mère de conduire jusqu'à elle car elle se sentait en danger. Quelques secondes plus tard elle se retrouvait inconsciente et à moitié morte. Et avec tout ça, une bonne dose de somnifères et peut même autres drogues.
La pluie balayait inlassablement les carreaux des fenêtres, même les éclairs s'invitèrent dans leur

espace. La lumière vive blanchit la pièce et la seconde d'après le tonnerre gronda si fort que même Michael fut pris d'un sursaut. Au même moment une autre inquiétude alimenta leur peur. Des bruits de pas se dirigèrent vers l'appartement. Ils venaient du couloir extérieur, l'angoisse monta d'un cran. Les pas gagnaient de la puissance, devenaient très proche. Michael rassura Natacha et lui indiqua la salle de bain. Il se munis d'une batte de base-ball trouvé dans la chambre. Il souffla sur la bougie et se positionna face à l'entrée. Il tenait une batte de baseball à sa main, le point bien serré prêt à frapper. Les jambes en position d'attaque comme un champion en rage. Dans la salle de bain, les yeux de Natacha fixèrent l'entrée à travers le miroir tout en jetant un œil sur la porte de la salle bain, on pouvait entendre son souffle. Elle était terrorisée et s'inquiétait pour Michael qui était en première ligne. Derrière la porte d'entrée une clé s'enfonça dans le trou de la serrure puis il entendit un clic. La porte s'ouvrit lentement et une silhouette grande et robuste entra.

Chapitre 7

Révélations

"C'est très mal élevé d'exprimer son chagrin"

Jean D'Ormesson

La porte claqua si fort qu'elle résonna puissamment dans l'appartement à moitié vide. Michael prit de panique hurla.
-Stop ou je vous fracasse le crane à coup de batte.
-Michael ! c'est toi ! s'écria une voix familière tout en pointant une torche sur un visage surpris et aveuglé.
-Daniel c'est bien vous. Vous êtes bien vivant.
-En voilà une remarque ! oui je suis vivant et vous que diable faites-vous ici.
-Comment avez-vous ouvert la porte ?
-Michael, j'ai les clés, c'est un de mes nombreux appartements.

L'arrivée de Daniel dans l'appart B5 à bien surprit le petit comité. Ils avaient peur surtout à Paris bien que le quartier étant calme et plutôt chic sans histoire. Il s'attendait à voir un étranger ou peut même Hélène. La stupéfaction se peignait sur le visage de Michael. Daniel réitéra la question ? Que fais -tu ici ?
-Nous enquêtons sur Hélène ou plutôt Katherine.
-Nous ?
Natacha sortit de sa cachette en reconnaissant le timbre de voix de Daniel. Avant toutes curiosités Daniel balaya la pièce de sa torche, il projeta un long regard autour de la pièce. Il prit place sur un fauteuil, se débarrassa de son manteau humide ensuite il dénoua sa cravate. Il sortit un sac en carton. C'était un morceau de tarte.
-Non ! stop ne toucher pas à cette nourriture !
-Bon dieu mais ça ne va pas. Que vous arrive -t-il ?
-Ne mange pas ça ! Nous pensons qu'elle est empoisonnée. Si bien sûr c'est Hélène ou peu importe son nom qui vous l'as préparé.
-Oui effectivement elle a préparé ma tarte préférée dans sa cuisine c'est une recette américaine. C'est elle qui a mijoté cette tarte comme je les aime.
Eh bien vous ferez mieux de la jeter aux rats.
Michael en colère le harcela de questions tout en regagnant sa place au sol.
-Que faites -vous ici ? Pourquoi m'avoir caché qu'elle était américaine ? Pourquoi ne pas me l'avoir présenté en tant que Katherine Romano ?

Daniel était très embarrassé visiblement, il sous-estimait l'intelligence de Michael. Il se leva fait quelques pas dans la pièce puis resta planté comme un piquet. Il donnait l'apparence de faire un inventaire de sa personne ou du rapport qu'il va soumettre. Il se mit à table de lui-même. C'est un renard, il comprit en voyant un petit calpin rouge couché sur le sol. Que la vérité venait visiblement d'être découverte avec tous ces secrets en observant le journal intime. Sa mémoire refit surface.
-Je me souviens lors de l'hospitalisation, ta mère écrivait sur ce journal des notes. Un matin j'ai demandé ce que c'était, elle m'a dit tout simplement un journal afin de s'exprimer sur son accident. Elle avait besoin de raconter ses douleurs et son quotidien durant son séjours. J'ai proposé de le lire, elle le referma aussitôt. Elle m'avait avoué que c'était une idée de son médecin. Elle m'a regardé et dit « bien sûr, tu le liras quand j'irais mieux ». Je n'ai nullement insisté. Puis arriva ce qui arriva. Je savais que Katherine lui avait rendu visite. Elle était d'ailleurs à Lyon depuis quelques jours. Avant l'accident, je les ai vu se disputer. Depuis cette altercation houleuse, elles étaient à couteaux tirés Mais toutes deux m'avaient écarté de leurs histoires. A ce moment-là Katherine bien entendu arrivait des Etats-Unis avec tout un tas de problèmes et choses à régler. J'ai donc proposé un job bien entendu je ne me doutais de rien. Mais Eléonore a mal

digéré cette nouvelle. Elle ne supportait plus la présence de son amie, cette amitié s'était comme brisée. Nous devions nous marier, elle conseillait ta mère sur différents sujets et tout organiser. Désolé petit si tu l'apprends brutalement. Cela dit, après l'accident beaucoup de choses et de questions sans réponses planaient autour de Katherine. Mais j'ai mis de côté ces suspicions. J'étais perturbé, cela ne ressemblait pas à Eléonore de boire en mélangeant des cachets c'était absurde, elle ne buvait jamais d'alcool. La police en a conclu à un accident de la route, conduite en état d'ivresse. J'étais furieux car je savais qu'il manquait un détail. Toute cette histoire était incohérente. Je garde en mémoire les derniers instants de ta mère. Durant les dernières heures de sa vie, ils furent très difficiles bien sûr. Parfois elle était dans les vapes comme inconsciente, à cause des médicaments mais elle était forte jusqu'à la dernière seconde. Son regard était un peu perdu mais elle savait que j'étais près d'elle. Je me souviens, elle a dit « c'est le plus jour de ma vie » on devait se marier, alors confusion sur confusion elle a dû se mélanger les dates. Mais c'était beau, sa main légèrement posée sur la mienne. Elle continua sur sa lancée même fatiguée. Une alliance se glissa progressivement à mon doigt, de toute ses forces, elle a formulé ces derniers mots « je t'aime pour toujours ». Et elle s'en est allé sourire aux lèvres.

Michael assis la main posée sur son journal.

Il écouta attentivement ses paroles sans même lui dire qu'il connaissait une autre vérité. Celle d'un fils face à son géniteur, son père, son successeur. Il se perdit dans ses pensées laissant Daniel en plein discours. La vérité, il venait de l'apprendre par les mots de sa mère à travers un journal intime décrivant sa peine, son chagrin, sa souffrance, sa future mort. Il se répéta sans cesse dans sa tête noyée par le chagrin silencieux, pourquoi il ne lui avoue pas sa paternité. Tout en l'observant, scrutant chaque geste articulé, sa mâchoire, les traits de sa bouche jusqu'à sa dentition parfaite. Il n'a pas fini de pleurer sa mère qu'il perd aussitôt un père .Le diable était déjà arrivé une fois dans sa vie pour lui voler Eléonore ,il ne voulait plus que l'histoire se répète à nouveau .A travers son regard vide et l'expression vague .Devant lui , il voyait une silhouette qui peu à peu s'éloignait ,à présent c'est une ombre comme enveloppée d'une brume gesticulant comme un pantin autour de lui .Il se sentit loin de lui .Ils se battait de toute ses forces contre les larmes qui perçaient à tomber .Mais la peur et la tristesse se mêlèrent ,les larmes glissèrent sur sa peau .Personne ne remarqua sa détresse profonde. Pas même Natacha qui semblait remuer les lèvres à coté de Daniel. Aucun bruit ne pouvait perturber le monde de Michael, ni les cris de Natacha ni la voix grave de Daniel. Michael était plongé dans le bonheur qu'il venait de créer. Sous un ciel bleu, le silence au milieu d'un lac. Les bras accrochés à une rame au

côté de sa mère, arpentant le lac sur des paddles. Tout sourire, il pouvait ressentir cette joie cette paix l'envahir de l'intérieur. Daniel et Natacha furent déstabilisés et très inquiets. Elle se précipita vers la salle de bain fouilla les placards et sortit un gobelet d'eau, le remplit et couru auprès de Michael pour l'obliger à boire de l'eau.
Tout d'un coup la voix de Daniel s'éleva et s'exclama
-As -t-il avalé un cachet ou un truc ?
-Non, pas du tout. Il se portait bien. Juste un peu stressé de savoir ce qu'il allait découvrir ici. Et…
-Et quoi Natacha ! répond
-Il est au courant que vous êtes son père. Et que vous souffrez d'un cancer que vous allez mourir. Voila.
-Ho ! bon dieu, je ne vais pas mourir. Mais tout ça n'était qu'une ruse pour mieux manipuler cette vipère de Katherine. C'était un piège. Lui hurlant dessus.
Tout en essayant de ramener Michael à la vie réelle,

Natacha poursuit en insistant sur ces propos. Incohérents absurdes et même cruels.
-Il y a un truc qui ne colle pas Daniel. Comment cela pouvait -il être un piège puisque dans le faux journal de Katherine, elle avait déjà mentionné le cancer. Bien avant que vous portiez des accusations sur elle.
Il regarda Natacha, réfléchit une demie seconde.
-Elle a dû entendre une conversation avec mon avocat à mon bureau bien avant que je la mette au courant.

Elle passait beaucoup de temps dans l'enceinte de mes locaux. Elle a dû entendre une bribe de mots stipulant que je souffrais du cancer sans rien comprendre à la conversation. Et tu dis qu'il y a deux carnets rouges. Mais comment ?

Michael immergea peu à peu, sa vision commença à se clarifier. Il s'approcha de Daniel, sans réfléchir il l'entoura de ses bras comme un jeune enfant. Et marmonna quelques mots.

-Tu vas vivre, tu vas vivre. Plus de cancer.

Daniel pour la, première fois sentit dans ses bras son petit garçon. Il respira ses cheveux, l'instant d'après le petit garçon était devenu grand. Ses grands bras l'entourèrent fortement suivirent de mots qui mirent Michael en confiance. Daniel regarda Natacha et prit sa main discrètement tout en lui adressant un merci. La jeune fille comprit rapidement cet élan de gratitude. Elle était émue et même soulagée.

-Oui mon fils, ne t'inquiète plus à ce sujet. Je ne suis point malade.

Malgré la scène de tendresse inattendue mais tant rêvée par Daniel. Il n'oublie pas ce que Natacha venait de révéler. L'existence de deux carnets rouges. L'un est officiel celui de la défunte mère et l'autre une

copie légèrement modifier incriminant Daniel. Il médita puis se tourna vers son fils. Il observa aussi Natacha tout en saisissant sa main. Elle comprit à cet instant qu'elle pouvait lui faire confiance et bien plus encore
-Michael, avant de répondre réfléchis bien.
-Comment as-tu eu le journal de ta mère.
Avant même que Michael n'ouvre la bouche, Natacha prit la parole.
-C'est moi ! Eléonore me l'a confié à l'hôpital afin de le remettre à Michael. Donc je me suis empressée de le contacter.
-Ensuite Natacha que s'est -il passé.
Daniel et Michael suivirent les lèvres de Natacha comme pour lui arracher les mots.
-Ensuite j'ai rencontré Michael à Bellecour sur la place. Je lui ai remis le journal. C'est tout.
Soudain Michael réagit brusquement, il se leva Daniel l'aida à se soulever avec une petite inquiétude vu son léger déséquilibre. Et se mit à faire un va et vient intempestif. Il se mis à questionner Natacha. Une avalanche de questions.
-Ou étais-tu avant Bellecour ? Comment es-tu arrivée sur la place ?

Il sentait une poussée d'adrénaline monter en lui. Il était peut -être à deux doigts de découvrir l'entière vérité. Il avait dépassé toutes hypothèses. L'espoir le guidait enfin vers la solution de l'énigme. Elle, elle était tétanisée, tout reposait sur ses souvenirs, l'enquête se bouclera uniquement si elle se rappelait un seul détail, il fera toute la différence. Même si ses souvenirs étaient brouillés, s'amalgamaient avec la pression. Elle s'installa à son tour au sol dos adossé au mur. Elle ferma les yeux, elle essaya de se remémorer la scène. Sa main légèrement posée sur sa tempe tout en se grattant le front.

-A la sortie de l'hôpital, j'avais pris le bus suivi du métro, j'étais assise curieuse et intriguée par ce journal. Je me souviens d'un parfum, celui d'une femme qui me rappelait celui que portait Eléonore. Je me suis levée car la station Bellecour était proche, cette femme rousse portait un long manteau. Elle me donnait le dos. Je n'ai pas pu voir son visage. Dès que les portes s'ouvrirent, elle était rapidement à l'autre bout du quai. J'ai avancé vers la sortie mais j'ai trébuché. C'était très humiliant cela me revient. Mon journal se retrouva au sol parmi d'autres semblable au mien et le gars du stand ambulant m'a remis un journal jurant que c'était le mien. J'ai vu Michael sur la place mais une fois Michael parti. J'ai revu cette même femme tenir une conversation au mec du stand de livres que j'ai renversé. Oui voilà j'étais troublée car elle lui avait remis de l'argent, un bon paquet de frics.

Daniel prit la parole :

-Tu t'es fait manipuler ma grande et c'est bien la méthode de cette pouriture.

Natacha n'en revenait pas que ce fut la fin de ce calvaire puis une question surgit de sa bouche.

-Attendez ! pourquoi Hélène ou Katherine m'aurait - elle volée le journal ? Alors qu'il était si facile de le pendre dans la chambre à l'hôpital.

-Tu ne te souviens plus, il y avait des flics devant sa porte. Répondit Michael.

Michael esquissa un sourire.

Pourquoi tu souris Michael demanda Natacha.

-C'est terminé Natacha. Enfin je pourrais envoyer cette femme en prison.

Puis il ajouta.

-Comment allons-nous procéder ? demanda -t-il ?

-C'est simple, nous avons les preuves. J'ai des contacts tu sais. En ce moment même, les flics vont accueillir notre invité. Elle passera la nuit au poste en attendant mon arrivé avec les preuves et certains documents que j'ai en ma possession. Elle passera devant un juge. Moi aussi je peux être un bon détective. Répondit Daniel.

Paris, quelques heures plus tard.

-Michael !

-Oui !

-Toujours à rêver ! s'écria Natacha au milieu d'un jardin.

Pour la première fois Michael observa Natacha sans se soucier d'autres choses. Il était libre, Il ne quittait pas des yeux son amie. Elle était outrageusement belle comme sortie d'un tableau d'aquarelle. Il fut subitement saisi d'un frisson. Il avança en sa direction sac à dos sur l'épaule. Elle se tenait debout à côté d'un magasin de souvenirs. Il aimait ce qu'il voyait entre le trottoir et le jardin, Natacha plus belle que jamais, sourire aux lèvres comme figer par un pinceau de peintre, elle tournoyait autour de lui. C'était un grand moment de bonheur, comme un effet subliminal, il était resté devant elle à la désirer. Ils déambulaient dans le grand Paris, l'heureuse ville des amoureux. Les cartes postales dansaient dans les airs bercés par le vent toutes bien alignées au bord des rues bondées de radieux sourires. Les appareils photos bondissaient des poitrines des touristes pour mitrailler les plus beaux monuments qui entouraient la dame de fer.

Un orchestre jouait non loin de là, une foule en liesse battait la mesure, chantonnaient quelques paroles même fausses, personne ne prêtait guère attention, c'était la magie de Paris. Un rendez-vous qu'il ne cessait jamais d'appréhender encore et encore, toute fois un amour se déclarait sans mots sans gestes. Le silence en disait beaucoup dans le regard. C'était comme une séquence de film muet qui se déroulait en cet instant. Une déclaration d'amour se distribuait en toute honnêteté sous une multitude de pétales de mots silencieux soufflés par le cœur gonflé d'amour. Comme des amoureux, ces amis devenus amants, oublièrent le bruit bestial loin des rues de Lutèce. Sous la douce pluie, elle restait près de lui, l'un contre l'autre figés comme une carte postale. Ils étaient là sur un banc dans ce petit jardin l'esprit ailleurs, dans une autre dimension. Ils voulaient juste s'aimer sans stress, loin des vautours. Dans leur monde de poètes à contempler la rêverie de quelques minutes dans leur pause de tendresses sans un drame ni tension, sans un trouble. Sans bruit, ils arrivèrent à s'échapper de la torpeur oubliée ainsi que la plume sanglante égale à la tueuse d'âme dans ce journal rouge.

Chapitre 8

Rien que le silence

« Ne parle pas. Laisse le silence venir, Les mots disent si peu de choses Ils ne savent que faire du bruit.

(Le Lézard)

Dans le silence du lac, les plus belles histoires se terminaient parfois par un chagrin, une querelle, parfois même une séparation. Cette tristesse qui s'accrochait à l'âme sans effort, des mots si cruels qui firent grands bruits là où l'âme sensible ne les attendait pas. Le lac fut le cimetière des sentiments sous toutes leurs nuances. Le bonheur aussi survolait la douceur de l'eau avec la naissance d'un premier baiser ou s'échangeait une promesse. Mais ce jour-là, une personne voulait se débarrasser bien plus que des mots.

Natacha fraiche et souriante marchait tranquillement dans le jardin du lac. Dans son esprit, une multitude de pensées heureuses accompagnait sa promenade. Son voyage à Paris avec la folle enquête qui arrivait en fin de course dans l'appartement de Katherine était presque oublié. Elle s'attarda surtout sur les chaleureux moments passés avec délice auprès de Michael. Mais dans une aventure de cœur, il se cachait toujours une forte intuition. Elle pouvait mener tout doucement à une heureuse histoire ou subitement à une fin très probable. Bien entendu la jeunesse a parfois tendance à sauter les étapes de la vie un peu trop vite sans réfléchir. Natacha avait peur des sentiments d'échecs qui la saisissent violemment sans appel comme un chauffard qui la happait la laissant crever comme un rat. Surtout avec un sentiment d'angoisse bien présent à l'épier, la surprendre, la ralentir, l'épuiser et même l'abattre. Que faire quand la vie lui arrachait le plus beau moment de sa vie. Un instant, elle se sentit perdre pieds puis contaminée par une mélancolie. Elle avait le choix soit de l'éviter et vivre dans l'incertitude qui la rongeait soit la vaincre avec un acharnement vigoureux. Elle se tenait là devant le lac à jeter toute cette amertume au fond de cette immense étendue. Entre ses mains un souvenir de l'appartement de Katherine. Une effroyable chose qui la paralysa jusqu'au sol avec un décor très sombre. Elle tendit le bras saisit le paquet et leva très haut l'objet prêt à noyer le contenu de la boite. Son amertume, sa haine et même sa peur qui montèrent en puissance pour s'engluer comme une sang sue. Elle ressentie la plus grande des émotions celle qu'elle ne connaissait pas. Du moins pas aussi forte, puis se révisa et décida de garder son secret et les douloureux sentiments. Les silencieux devenaient tôt ou tard les plus dangereux. Elle était forte à sa manière, fragile par moment mais résistante. Depuis son retour de voyage, elle ressentait un danger autour d'elle. Elle voulait la paix et vivre sa vie. Mais elle n'était pas rassurée, Elle avait même cru voir quelqu'un la suivre et l'épier. Il ne fit aucun doute, elle remarqua quelques ombres suspicieuses dans ses trajets quotidiens. Tout comme cet élève participant à un cours de danse, et disparaissait mystérieusement. Même s'il est vrai qu'elle avait décelé une incompatibilité a cette discipline. Elle ne jugeait point ses élèves, bien que celui-ci n'était qu'observateur et n'avait rien signé.

Mais son regard fut froid et son comportement trop suspicieux. Elle regagna sa voiture, mis sa ceinture de sécurité et roula sans s'arrêter. Elle savait ce qu'elle faisait et ou cette route menait, elle avait pris la bonne décision. Pour la première fois, elle se résigna à affronter sa pire angoisse et enterrer ses démons.
-Comment reculer maintenant ? C'est impossible ! je fonce ! Cria-t-elle hors de la fenêtre.

2H plus tard,
Elle prit une place de parking, devant un pénitencier de femmes près de la région. Il ressemblait plus à un musée de l'extérieur qu'à une prison. Tout le bâtiment était construit de façon moderne, une architecture un peu trop futuriste, un squelette tout en métal. Après de longues minutes à patienter, vérifier l'identité, poser quelques affaires en consigne. La voilà, décidé et stable psychologiquement. Elle traversa un long couloir à la triste mine respirant le rejet, la nausée, l'insécurité de nombreux visiteurs. Ce long corridor menait au parloir. Elle prit place le cœur cognant dans sa poitrine mais sure d'elle. De l'autre côté, se trouvait

des anonymes, seule identité, un numéro sur leurs uniformes. Leurs pertes furent de juger eux même des individus à leurs manières, avec un jugement rapide et sans états d'âmes. Une femme face à elle, elle ne savait plus comment l'appeler. Elle hésita, puis desserra les dents. Les lèvres de Natacha s'ouvrirent, elle fut la première à parler.
-Bonjour, maman !
Face à elle Katherine Hélène Romano. Elle se tenait là assise face à Natacha. Les yeux larmoyants.
-Je suis désolé vraiment pardonne -moi.
Natacha ne comptait point s'éterniser avec elle. Elle s'était promis de rester forte.
-Garde tes jérémiades. Vois-tu si j'avais pu là tout de suite, je t'aurais fait subir la même souffrance qu'a vécu Eléonore et bien pire.
-Comme tu dis si …
-Dans ton malheur, c'est une chance que tu purges une longue peine. Ne t'avise même plus de nous approcher Michael et moi sans oublier Daniel. Renvoie tes sbires dans un autre bled. Tu entends maman.
-Sinon quoi ? que vas -tu faire ?

Elle sortit des éléments du fond d'un sac en papier, des esquisses. Natacha elle-même avait pris soin de dessiner au fusain. Elle a reproduit tout un cliché de photos, et interprété le contenu d'une vidéo trouvé dans son appartement à Paris, dans ce fameux tiroir de la cuisine.
-Tiens voici un petit cadeau pour toi. Tes crimes dans ces esquisses.
Hélène regarda les croquis et se prit d'un étourdissement. Elle s'est jetée dessus et les mis en pièce.
-Natacha je t'en prie ne fais pas ça.
-Tu sais maman, il est fort possible que tu pourrisses en prison avec toutes ces nouvelles preuves. Sans parler de la vidéo qui en somme est bien plus explicite que ces croquis. Une autre affaire de meurtre. Plusieurs crimes ça va chercher dans les combiens ? Va en enfer ! Katherine, Ne dit jamais à Michael que tu es ma mère. A personne tu entends. Jamais !
Katherine prit au piège acquiesça de la tête.
-Je n'ai pas entendu chère maman.
-Oui j'ai bien compris le message.

-Une question, pourquoi m'avoir dupé pour obtenir le journal alors que tu pouvais lui prendre.
-J'ai essayé mais elle était futée. Elle a demandé à l'infirmière de s'installer tout contre le chevet et ce foutu meuble avait un cadenas

Katherine resta muette un instant dévisageant sa fille et osa lui poser une question sans pour autant savoir comment aborder la chose en baissant les yeux.
-Comment as-tu ? ou plutôt depuis quand étais-tu au courant ?
Puis, elle se pencha discrètement vers Natacha comme une femme en perte totale de ses capacités intellectuelles et attendait avec nervosité les mots.
-Tu veux savoir comment j'ai su que ma charmante mère m'avait abandonné très jeune sans scrupule. Que tu aies subtilement fait croire que j'étais morte. Comment déjà ? Ah oui, à la suite d'un problème de santé. Que c'est pratique, n'est-ce pas pour une psychopathe, une dérangée de la nature humaine. Heureusement que tu as eu le bon sens de me faire adopter.
 Natacha observa sa mère s'agitant comme une folle, ne pouvant entendre toutes ses paroles. Puis elle ajouta.

-Ou alors tu voulais savoir comment je suis parvenue à posséder ces preuves. J'ai vite compris pourquoi Eléonore détestait ta personne. Tout a basculé dès lors qu'elle a appris tes manigances contre Daniel sans parler de ta jalousie folle concernant leur amour. Mais là où tu as dérapé, c'est quand tu avais un peu trop parler de ta fille lors d'une soirée bien arrosée. Tu as tout déballé à ta charmante et grande amie dans les moindres détails. Ce petit secret entre Eléonore et moi était scellé, elle m'a protégé contre toi et ta monstruosité. « L'alcool ne t'avait jamais réussi disait-elle. » Elle est morte à la suite de certaines découvertes. Mais tu vas payer pour tous tes crimes. Je dis bien tous.
-Et tu crois vraiment que ce hibou ne l'a pas découvert ! Redescend sur terre Natacha. Daniel est un renard rien lui échappe. Il sera que tu es ma fille et Michael le découvrira. Il est malin comme son père.
-Effectivement, maman rien n'échappe à Daniel. Comment crois-tu que j'aie eu ses preuves. Daniel me faisait confiance, il m'a envoyé à Paris pour seconder Michael. Tout en m'informant de cette hantise qui te rongeait et qui mènerait à ta perte tôt ou tard. « Un

autre cadavre pouvait faire surface disait-il. » Il était certain de son intuition vu la pagaille dans ton esprit corrompu, pervers. Il était tombé sur une affaire ou tu avais travaillé à New-York. Il suffisait de trouver cette preuve qui prouverait ton inculpation dans cette monstruosité.

Katherine était piégée par sa fille et Daniel. Elle ne pouvait rien faire ni dire quoi que ce soit pour sa défense. Juste sourire et avaler sa salive. En écoutant son profil peint par sa fille.
-Voyons maman, un comptable se suicide, pour faute grave de manipulation frauduleuse. Tu as manigancé contre ce pauvre homme innocent, afin de le trainer sur le toit de l'immeuble puis tu l'as poussé dans le vide avec froideur sans états d'âmes. Ensuite tu as volé les vidéos de surveillance. J'ai tout maman. Daniel s'est servi de toi maman, pour sauver son fils et mettre en prison le meurtrier de sa bien-aimée. Nous étions tous ces pions certes mais toi tu étais la proie à abattre en suivant les règles de la justice.
Puis Natacha ajouta avec sourire.
-Ho ! une dernière chose. Surveille tes arrières. Ici les règles sont pires qu'à New-York. L'éditorial de

Michael sortira demain. Tu vas devenir une star dans ces couloirs. Ta belle plastique pourrait bien être dévorée par les centaines d'yeux de chairs.

On pouvait lire sur le visage de Katherine cette douleur qui la tirait jusqu'à la profondeur de ces entrailles. Ces intestins étaient noués, tout son corps était crispé. Elle entendit des mots infames, toute une étude qui tordait son esprit fatigué. Pourtant au plus profond de son âme, elle savait qu'elle était tordue, dangereuse, un être sombre, sournoise, machiavélique. Elle qui pouvait feindre la société. Mais ce qu'elle ne savait pas encore. Sa nouvelle demeure était le repaire de la violence et des impies. La dépravation vivait dans ces murs remplis de perversions humaines et impurs. Ces lieux où dorment les esprits bien troublés, torturés, des hôtes affamés de nouvelles chaires s'agitaient de l'autre côté du couloir pourraient bien devenir son cauchemar.

Natacha pris son sac, se leva de la chaise et traça tout droit sans le moindre remords, ni regrets. Elle se sentait apaisée, le cœur lourd venu, maintenant elle était en confiance et légère. Elle fit une halte aux toilettes. Elle ne pouvait plus se contenir, même

libérée, l'émotion fut si intense. Elle s'autorisa enfin à se lâcher, les mains agrippées au lavabo les larmes coulaient. Elle jeta un œil au miroir, tira sur le distributeur à sa droite, elle saisit quelques mouchoirs et essuya ses larmes. Pendant ce temps, un autre visiteur inattendu entra dans le pénitencier. D'un pas léger, il passa les portiques. Il fit un signe de tête en témoignage de respect au gardien. Il signa le registre, puis il montra sa carte de presse, c'était Michael Legrand. Il posa une question au gardien.
-A -t-elle reçu une visite ?
-Oui monsieur
Michael choqué s'empressa de le questionner.
-Un journaliste ? la presse ? Demanda Michael.
-Non ! Une femme. Répondit le gardien
-Son avocate, je suppose. Rétorqua Michael
-Ha, non pas aujourd'hui, c'était sa fille.
-Quoi ? sa fille.
-C'est elle qui vous a dit cela
-Non mais j'ai supposé, elle avait des cheveux cuivrés,un rouge flamboyant comme elle. Rousse quoi ?
-Quand ?

-Elle vient de partir à l'instant. Répondit le gardien

Il était choqué, il courut tout le long du couloir passa rapidement par la sécurité. Il poussa âprement la porte extérieure. Il n'y avait plus personne. Juste un bus à l'arrêt, il fouilla le bus mais pas de jeune femme rousse. Il était déçu d'avoir raté cette fille mystérieuse. Natacha avait bien entendu remarqué la présence de Michael dans la prison. Elle a attendu qu'il ne soit plus dans son champ de vision. Elle fila très rapidement de l'enceinte du bâtiment au pas de course. Une fois dans la voiture, elle poussa le champignon. La voie bien dégagée, elle ôta sa perruque rousse et sa casquette. Elle se démaquilla rapidement. Elle appuya sur le bouton de la radio et sourit.

Elle revoyait dans son esprit un merveilleux souvenir. Michael et elle tous deux à New-York arpentant les grandes rues de la mythique et surprenante ville. Ils se trouvaient dans l'immense et magique Central Park, devant un puit. Ils s'étreignirent longuement, leurs bouches se cherchaient, leurs souffles se mélangeaient. Ils échangèrent quelques promesses, l'instant d'après elle bondissait devant une bague avec ses yeux brillants. Elle était tout émue émerveillée. Puis elle sauta sur lui follement et amoureusement puis la bague tomba dans le puit. Elle était embarrassée, elle n'arrêta pas de s'excuser. Elle fut confuse et se réfugia derrière un arbre. Michael s'avança vers elle avec un cerceau de houlà houp. Il appartenait surement à une enfant jouant dans le jardin. Il l'avait trouvé sur l'herbe, il l'enfila autour d'eux et lui dit « tu ne risques pas de le perdre cet anneau. »

Après toute cette émotion, Natacha aimait jouer à un jeu avec Michael. L'interview en direct avec un écrivain. Elle trouvait cela amusant.
-Quel est votre métier mon cher Michael ?
-Usurpateur !!!
-Haha ! Souriait Natacha !
-Oui je sais cela faire sourire, en fait je suis écrivain journaliste
-Pourquoi usurpateur ?
-Ma vie est un mensonge tout ce que j'écris est pur mensonge ! Mais j'aime inventer des histoires qui gravitent autour de moi dans mon monde. Quand j'écris, je fais partit de cette ambiance et ses personnages. Dis-moi, tu n'as pas répondu à ma demande.

-Quelle demande Michael.
-Tu as perdu la bague mais as-tu aussi perdu l'envie de m'épouser. Il sortit de sa poche la bague.
Natacha n'en revenait pas. Elle était sous l'étonnement mais agréablement surprise.
-Comment est-ce possible… Et je te dis oui.
-C'est un puit factice, tu n'as pas prêté attention. Il a un fond rempli de terre. Ce n'était pas compliqué de repêcher la bague pendant que tu tournais le dos.
-Petit menteur, viens ici que je t'embrasse.

LES CRIMES DES ESQUISSES

LES CRIMES DES ESQUISSES

© 2018, Azri, Kari
Edition : Books on Demand,
12/14 rond-Point des Champs-Elysées, 75008 Paris
Impression : BoD - Books on Demand, Norderstedt, Allemagne
ISBN : 9782322161829
Dépôt légal : octobre 2018